くのいち小《こ》桜《さくら》忍《にん》法《ぼう》帖《ちょう》

風さそう弥生《やよい》の夜《よ》桜《ざくら》

斉藤洋 作
大矢正和 絵

あすなろ書房

くのいち小桜忍法帖

風さそう弥生の夜桜

もくじ

序《じょ》 7
一段 職《しょく》人《にん》失《しっ》踪《そう》 13
二段 生《しょう》類《るい》憐《あわれ》み隠《おん》密《みつ》見回り役 23
三段 御《お》相《あい》手《て》様《さま》 35
四段 鶴《かく》竜《りゅう》蘭《らん》香《こう》湯《とう》 49
五段 稲《いな》荷《り》寿《ず》司《し》 59
六段 土産《みやげ》 70

七段　忠《ちゅう》義《ぎ》　78
八段　茶《ちゃ》店《みせ》　90
九段　捕《と》り物《もの》　101
十段　鉄《てつ》瓶《びん》の湯《ゆ》気《げ》　116
十一段　筋《すじ》書《が》き　128
十二段　着がえ　140
十三段　浅《あさ》野《の》家《け》上《かみ》屋《や》敷《しき》　153
十四段　褒《ほう》美《び》　167
跋《ばつ》　175

登場人物紹介

小桜四郎

橘北家十郎左の末娘、くのいち。
あるときは、振り袖の美少女として、
あるときは、商家の少年（丁稚）として、
江戸の町で暮らしている。

十郎左

忍びの一族、橘北家の総帥。

一郎

十郎左の長男。
おもてむきは、江戸の薬種問屋
〈近江屋〉の主人。

半守

〈近江屋〉の番犬にして、
橘北家の忍犬。

次郎

十郎左の次男。
遠国で外様大名の動向をさぐっている。

三郎

十郎左の三男。
父とともに江戸城内の屋敷に住んでいる。

大高源吾

浅野内匠頭に仕える武士

佐久次

橘北家の忍び。　おもてむきは、
〈近江屋〉の番頭として働いている。

雷蔵

岡っ引き。
町奉行所の同心に協力して、
市中の犯罪をとりしまっている。

市川桜花

歌舞伎の女形。

序《じょ》

京橋《きょうばし》のほうから日本橋《にほんばし》にむかって、呉服《ごふく》やら小間物《こまもの》やらの大店《おおだな》をのぞきながら歩いてきた。

人通りが多く、屋台のだんご屋に人がむらがっていたり、あめ屋が立ちどまって、小さな子どもにあめをわたしていたりするものだから、まっすぐ歩くこともむずかしい。

天気もいいし、もう少し足をのばそう……。

小桜《こざくら》は日本橋《にほんばし》をわたった。

そのさきにも呉服屋《ごふくや》がならんでいる。

呉服屋《ごふくや》めぐりをするときには、いい着物を着ていくにかぎる。そうすると、店の者のあつかいがぜんぜんちがうのだ。

こちらがどこのだれかわからなくても、ひと目で上物《じょうもの》とわかる振袖《ふりそで》でも着ていけば、店に入ると同時に、丁稚《でっち》ではなく、手代《てだい》か番頭《ばんとう》がお世辞笑いをうかべながら、

「お嬢様《じょうさま》。何かおさがしで。」

と声をかけてくる。

着物を買うときは、だいたい相模屋《さがみや》だったが、ほかの店も見ておきたいと思うのは、年《とし》頃《ごろ》の少女にとっては、あたりまえのことだ。

今、極上《ごくじょう》の着物をあつらえても、まだまだ体は大きくなるだろうから、一生着られるわけではない。それに、丈《たけ》が合っていても、振袖《ふりそで》は長く着られない。どのみち、せいぜい数年なのだ。

だが、小桜《こざくら》の兄《あに》、橘北家《たちばなほっけ》一郎《いちろう》は小桜《こざくら》の着物道楽にいやな顔をするどころか、年が明けるまえから、

「あと三月《みつき》もすれば桜《さくら》が咲《さ》く。そうなったら、桜柄《さくらがら》は着られないから、今のうちにあつらえておかなければいけない。なにごとにつけ、季節は先どりしないとな。」

などと言って、小桜《こざくら》がたのんだわけでもないのに、相模屋《さがみや》の番頭《ばんとう》を呼《よ》んだりする。

その桜柄《さくらがら》の振袖《ふりそで》は二月のはじめにできあがってきて、今、小桜《こざくら》はそれを着ている。

じっさいに桜《さくら》が咲《さ》きだせば、もうそれは着られない。

桜《さくら》が咲《さ》いたら、あやめ柄《がら》か、さもなければ、若草《わかくさ》にひばりをあしらったものにする。そのふたつはもう、相模屋《さがみや》に注文してある。

きれいな着物を着て、にぎやかな町を歩く。それは、小桜《こざくら》が何よりも好きなことだ。

日本橋《にほんばし》をわたったさきに、大きな呉服屋《ごふくや》がある。

その呉服屋《ごふくや》に行くために、十字路をわたろうとして、小桜《こざくら》はふとお堀《ほり》のほうに目をやった。

知った顔の男が腕《うで》ぐみをして、こちらに歩いてくる。

小桜《こざくら》が挨拶《あいさつ》をしようと、立ちどまると、むこうのほうでも小桜《こざくら》に気づき、小走りにやってきた。そして、すぐ近くまでくると、口もとに笑《え》みをうかべて言った。

「どこの小町《こまち》かと思ったら、近江屋《おうみや》のお嬢《じょう》さんじゃあねえですか。」

男は今の今までむずかしい顔をし、腕《うで》をくんで、考えごとをしているような風情《ふぜい》で歩いていた。それなのに、いきなり笑顔《えがお》になっても、なんだか不自然だ。

小桜《こざくら》は、これは何かあるなと直感した。

「親分さん。事件《じけん》?」

男はうしろをふりかえってから、

「いえ、このさきでね。」

と言い、あたりを見まわした。そして、こう言った。

「ちょうどいい。近江屋《おうみや》さんの耳にも入れておいたほうがいいから、お帰りになるところでしたら、お送りがてら、ごいっしょしますよ。」

そう言われれば、これからまだ呉服屋《ごふくや》を見たいとは言いにくい。それに、まだ夏の単衣《ひとえ》の品ぞろえも少ないだろうし、なんと言っても、事件《じけん》と聞けば、興味《きょうみ》がわく。

小桜《こざくら》は、

「そろそろお昼だし、もう帰ろうと思っていたところだから、ちょうどよかった。そういうことなら、親分さんに送ってもらいます。」

と答えた。

男は不忍池《しのばずのいけ》の仁王門《におうもん》近くに居《きょ》をかまえる岡《おか》っ引《ぴ》き、仁王《におう》の雷蔵《らいぞう》である。

それから、小桜《こざくら》はと言えば、今は裕福《ゆうふく》な商家《しょうか》の娘《むすめ》のかっこうで、〈近江屋《おうみや》のお嬢《じょう》さん〉

だが、その近江屋《おうみや》にもどれば、丁稚《でっち》の服に着がえ、店を手伝《てつだ》ったりもする。だから、小桜《こざくら》は近江屋《おうみや》にいるときだけでも、ふたつの顔を持つ。

店にくる客たちは、だれもそれに気づいていない。だが、さすがに腕《うで》ききの岡《おか》っ引《ぴ》き、仁王《におう》の雷蔵《らいぞう》の目はごまかせず、雷蔵《らいぞう》はそれを知っている。

それから、小桜《こざくら》の顔はもうひとつ。

江戸城御庭役《えどじょうおにわやく》、橘北家《たちばなほっけ》のくのいち、四郎小桜《しろうこざくら》、これが正体だ。

これについては、雷蔵《らいぞう》は気づいているような、いないような……。

一段 ✿ 職《しょく》人《にん》失《しっ》踪《そう》

日本橋《にほんばし》から京橋《きょうばし》にむかう大通りを歩き、とちゅう一本小路《こうじ》に入ったところに、釜屋《かまや》という、こぎれいな飯屋《めしや》がある。

小桜《こざくら》はその釜屋《かまや》をちらりとのぞいた。

昼飯時《ひるめしどき》で、店はこみはじめている。

それをたしかめてから、小桜《こざくら》は雷蔵《らいぞう》を、

「じゃあ、こちらで。」

とさそい、となりの薬種問屋《やくしゅどんや》に入った。

薬種問屋《やくしゅどんや》も、何人も薬の小売り人がきていて、主人も番頭《ばんとう》もふたりの手代《てだい》も、手があいていない。

小桜《こざくら》が雷蔵《らいぞう》と入ってきたのを見て、番頭《ばんとう》が小桜《こざくら》に目くばせをしてから、店の奥《おく》のほうをちらりと見た。

庭にまわってほしいという意味だ。

小桜《こざくら》はいったん外に出る。

雷蔵《らいぞう》もついてくる。

店の横の細い路地を通って、板塀《いたべい》ぞいに店の横手に出ると、木戸《きど》がある。

その木戸《きど》を開け、小桜《こざくら》が庭に入る。

縁側《えんがわ》の手前で、大きな南蛮犬《なんばんけん》がこちらを見ている。形も大きさも、狼《おおかみ》によく似《に》ている。

南蛮犬《なんばんけん》にくわしい者でなければ、狼《おおかみ》だと思うだろう。

犬の名は半守《はんす》。

小桜《こざくら》のあとからついてきた雷蔵《らいぞう》が言った。

「しかし、いつ見てもりっぱな犬ですねえ。こりゃあ、将軍様《しょうぐんさま》には、お見せしないほうがいい。こんなに大きくて、きれいな犬がいるとわかったら、すぐ召《め》し上《あ》げにきますぜ。」

将軍《しょうぐん》とは、徳川綱吉《とくがわつなよし》。犬公方《いぬくぼう》と呼《よ》ばれ、生類憐《しょうるいあわれ》みの令を出し、そのため、庶民《しょみん》は町で野《の》良犬《らいぬ》を追いはらうこともできない。

その反面、小桜《こざくら》が、縄《なわ》もつけずに半守《はんす》をつれて町を歩いていても、役人ですら何も言わないから、都合のいいこともある。

もっとも、昼間、小桜《こざくら》が半守《はんす》といっしょに外に出ることはあまり多くはないが。

その半守《はんす》のわきをぬけて、小桜《こざくら》は、

「親分さん。縁側《えんがわ》に腰《こし》かけて、ちょっと待っててください。すぐにお茶を。」

と言い、縁側《えんがわ》から座敷《ざしき》にあがった。

ところが、小桜《こざくら》が台所で茶をいれて、もどってくると、そのときにはもう、番頭《ばんとう》の佐久《さく》次《じ》が縁側《えんがわ》にすわり、雷蔵《らいぞう》と話をはじめていた。

「すると、なんですか、親分。いなくなった職人《しょくにん》は、これで三人目だって、そういうことで？」

佐久次《さくじ》にきかれ、雷蔵《らいぞう》はうなずいた。

「暮《く》れにひとり、正月にひとり。それから、十日前にひとりですから、三人ってことになりますが、そりゃあ、わかっているだけでってことで、ひょっとすると、ほかにもいるかもしれねえんで。」

「だけど、なんだって、職人《しょくにん》がいなくなったことが親分さんの耳に入ったんです？　あそこの職人《しょくにん》たちは、そこいらのかんざし職人《しょくにん》とはちがいますよ。」

「それがね、うちの近所の長屋に、おみつっていう娘《むすめ》がおりやしてね。それが、来月、卯之吉《うのきち》っていう職人《しょくにん》と祝言《しゅうげん》をあげることになってるんですが、このごろ会いにいっても、出てこないし、文《ふみ》を出しても、返事がこないってんで、うちの女房《にょうぼう》に泣きついてきたんで。それで、あっしがちょっとしらべてみたってわけなんで……。」

と雷蔵《らいぞう》が言って、腕《うで》をくんだところで、小桜《こざくら》は茶托《ちゃたく》にのった茶碗《ちゃわん》を雷蔵《らいぞう》の前にそっとさしだして、たずねた。

「親分さん。それ、どこの職人《しょくにん》？」

それに答えたのは、雷蔵《らいぞう》ではなく、佐久次《さくじ》だった。

「金座《きんざ》だそうです。」

「金座《きんざ》って……。」

と小桜《こざくら》が雷蔵《らいぞう》の顔を見ると、雷蔵《らいぞう》がうなずいた。

「そうなんで。それがもし、かんざしやら、筆やらの職人《しょくにん》なら、作っているとこにあがりこみ、十手片手《じってかたて》に、『おい、卯之吉《うのきち》っていう職人《しょくにん》がいるだろ。どこだ？』なんて、強面《こわもて》にせまるってことも、できなくはありやせんがね。だけど、金座《きんざ》となるとねえ。あっしらじゃあ、うかつに中に入ることすらできねえってことで。」

金座《きんざ》とは、小判《こばん》の鋳造《ちゅうぞう》をおこなっているところで、そこの主《あるじ》は、ただの職人《しょくにん》の親方ではなく、御金改役《ごきんあらためやく》という役職《やくしょく》で、後藤《ごとう》という苗字《みょうじ》まで持っている。勘定奉行《かんじょうぶぎょう》配下だから、町《まち》奉行《ぶぎょう》配下の岡《おか》っ引《ぴ》きの手が出せるあいてではない。

金座《きんざ》は本石町《ほんごくちょう》にある。さっき、雷蔵《らいぞう》がやってきた方角だ。

雷蔵《らいぞう》は茶をひと口すすってから言った。

「金座《きんざ》の職人《しょくにん》がいなくなったとなりゃあ、こりゃあおだやかじゃないし、それに、おみつって子は今年《ことし》十八になるんですが、あっしは、小さいときからよく知っていてねえ……。」

「なるほどねえ……。」

佐久次《さくじ》がそう言って、のぞきこむように雷蔵《らいぞう》の目を見ると、雷蔵《らいぞう》は茶をいっきに飲みほして、立ちあがった。

「いえ。話ってのは、それだけなんで。」

雷蔵《らいぞう》は佐久次《さくじ》にそう言い、つづけて小桜《こざくら》に、

「じゃあ、お嬢《じょう》さん。あっしはこれで。」

と言って、木戸《きど》から出ていってしまった。

外から雷蔵《らいぞう》が木戸《きど》を閉《し》めると、佐久次《さくじ》はつぶやいた。

「さて、どうしたもんでしょうかねえ……。」

小桜《こざくら》がただの薬種問屋《やくしゅどんや》の娘《むすめ》ではないように、番頭《ばんとう》の佐久次《さくじ》もまた、ただの薬種問屋《やくしゅどんや》の番《ばん》頭《とう》ではない。

だいたい、近江屋《おうみや》という薬種問屋《やくしゅどんや》も、となりの釜屋《かまや》も、ただの薬種問屋《やくしゅどんや》やただの飯屋《めしや》ではない。

近江屋《おうみや》の主人は、江戸城御庭役《えどじょうおにわやく》、橘北家《たちばなほっけ》の総帥《そうすい》、十郎左《じゅうろうざ》の長男、つまり橘北家《たちばなほっけ》の惣領《そうりょう》である。

総帥様《そうすいさま》、または頭領様《とうりょうさま》といえば、十郎左《じゅうろうざ》のことであり、惣領様《そうりょうさま》というと、一郎《いちろう》のことに

なる。

ところで、江戸城御庭役《えどじょうおにわやく》は、江戸城《えどじょう》の庭の整備《せいび》と警備《けいび》が役目だ。城《しろ》の庭木の手入れなどをしながら、城《しろ》に出入りする者たちの動きを監視《かんし》するのが仕事で、将軍直轄《しょうぐんちょっかつ》の役職《やくしょく》だ。

その程度《ていど》の役が将軍直轄《しょうぐんちょっかつ》とは奇妙《きみょう》だが、じつを言えば、御庭役《おにわやく》の仕事はそれだけではない。隠密《おんみつ》、つまり忍《しの》びが仕事であり、だからこそ、将軍直轄《しょうぐんちょっかつ》ということになる。

橘北家《たちばなほっけ》は外様大名《とざまだいみょう》たちの動きをひそかにうかがい、怪《あや》しい動きがあれば、それを将軍《しょうぐん》に知らせる。しかし、じっさいに将軍《しょうぐん》に会うことはほとんどなく、報告《ほうこく》するあいては幕閣《ばっかく》と言われる幕府《ばくふ》重役であり、また命令もそこからくる。

橘北家《たちばなほっけ》の江戸城《えどじょう》にいる十人が庭の整備《せいび》と警備《けいび》、四十人が外様大名《とざまだいみょう》の探索《たんさく》をしている。

四十人のうちのおよそ半数は江戸市中《えどしちゅう》に住み、あとの半数は江戸《えど》をはなれ、おもに西国《さいごく》で外様大名《とざまだいみょう》の動向をさぐっている。

江戸市中《えどしちゅう》に住む者たちは町人のふりをし、江戸《えど》の町のあちこちに住んでいる。その中心が近江屋《おうみや》なのだ。

橘北家十郎左《たちばなほっけじゅうろうざ》には、息子《むすこ》が三人。そして、末に娘《むすめ》がひとりいる。

長男一郎《いちろう》は近江屋《おうみや》の主人で、次男は遠国《おんごく》にいっている。

この春十六になった三男、三郎《さぶろう》は江戸城内《えどじょうない》の橘北家《たちばなほっけ》の屋敷《やしき》にいる。

そして、第四子で長女が橘北家《たちばなほっけ》四郎《しろう》小桜《こざくら》ということになる。

橘北家《たちばなほっけ》は女子でも忍《しの》びとしてはたらくので、男子の名も持つしきたりなのだ。

小桜《こざくら》はまだおとなになりきっていないが、それでも、そのかわいらしさと美しさは人目をひかずにおかない。とはいえ、美しさということでは、三人の兄《あに》たちのほうが上かもしれない。

長男の一郎《いちろう》は役者だと言っても、だれも疑《うたが》わないだろう。

いつも江戸《えど》にはおらず、遠国《おんごく》で外様大名《とざまだいみょう》の動向をうかがっている次郎《じろう》は三兄弟の中でもとりわけ筋骨《きんこつ》たくましく、ときどき江戸《えど》に帰ってきて、夕刻《ゆうこく》、町を歩こうものなら、すれちがう新橋《しんばし》あたりの芸者がふりむいて、ため息をつくほどだ。

また、三男の三郎《さぶろう》は、忍《しの》びをやめて、大名《だいみょう》の小姓《こしょう》になる気なら、数十万石《ごく》の大大名《だいだいみょう》の仕官先がいくらでも見つかるだろう。

幕府《ばくふ》の命令を橘北家《たちばなほっけ》の屋敷《やしき》につたえにくる幕閣《ばっかく》の酒井左衛門尉忠真《さかいさえもんのじょうただまさ》などは、三郎《さぶろう》が大のお気に入りで、身分をかくして市中《しちゅう》見回りをするときは、たいてい護衛《ごえい》として、三郎《さぶろう》に伴《とも》をさせる。

ところで、江戸城御庭役《えどじょうおにわやく》には橘北家《たちばなほっけ》のほかに、もうひとつ橘南家《たちばななんけ》がある。

こちらも、北家《ほっけ》同様、忍《しの》びではあるが、流派《りゅうは》もちがえば、仕事もちがう。

北家《ほっけ》は伊勢流《いせりゅう》、南家《なんけ》は美作流《みまさかりゅう》の忍法《にんぽう》を使う。

北家《ほっけ》のあいては外様大名《とざまだいみょう》で、南家《なんけ》が監視《かんし》するのは親藩《しんぱん》や譜代《ふだい》の大名《だいみょう》なのだ。

同じ仕事といえば、植木の世話と月交代でする江戸城平川門《えどじょうひらかわもん》の番くらいのものだろう。

さて、金座《きんざ》の御金改役《ごきんあらためやく》の後藤家《ごとうけ》だが、これはもともと武士《ぶし》の家ではなく、彫金師《ちょうきんし》の家だ。石高《こくだか》は二百五十石《ごく》だから、武家《ぶけ》あつかいということになる。勘定奉行《かんじょうぶぎょう》の管轄《かんかつ》ということは、もちろん橘北家《たちばなほっけ》が手を出すべきあいてではないし、そもそも大名《だいみょう》ですらない。だから、橘《たちばな》南家《なんけ》の仕事の領域《りょういき》でもない。

金座《きんざ》の職人《しょくにん》は小判師《こばんし》とも言われ、人数などはしっかりときめられている。

ひとりいなくなっても、さわぎになるはずで、もしそういうことがあれば、本来関係のない御庭役《おにわやく》の耳にも入ってくる……はずだ。

だが、どうやら、小判師《こばんし》が失踪《しっそう》したことは、近江屋番頭《おうみやばんとう》、いや、江戸城御庭役橘北家《えどじょうおにわやくたちばなほっけ》小《こ》頭《がしら》の佐久次《さくじ》も知らないようだ。

だまりこんでいる佐久次《さくじ》に小桜《こざくら》が言った。

「金座《きんざ》の職人《しょくにん》がいなくなったこと、勘定奉行様《かんじょうぶぎょうさま》はごぞんじなのかしら。」

「さて、そこが問題っていやあ、問題ですね、姫《ひめ》。」

小桜《こざくら》が丁稚姿《でっちすがた》をしていないとき、佐久次《さくじ》は小桜《こざくら》を〈姫《ひめ》〉と呼《よ》ぶ。

その姫《ひめ》は、今夜何をするか、今きめた。

二段 ✿ 生類《しょうるい》憐《あわれ》み隠《おん》密《みつ》見回り役

金座《きんざ》は御金改役《ごきんあらためやく》後藤庄三郎光世《ごとうしょうざぶろうみつよ》の屋敷《やしき》の中にある。というより、御金改役《ごきんあらためやく》の屋敷《やしき》が金座《きんざ》なのだ。町民が住む町屋の区域《くいき》にあるが、屋敷《やしき》の造《つく》りは武家屋敷《ぶけやしき》で、しかも、たかだか二百五十石《ごく》取りとは思えないほど広い。小大名《しょうだいみょう》の屋敷《やしき》ほどもある。

塀《へい》はむしろ大名屋敷《だいみょうやしき》より高く、忍者刀《にんじゃとう》を立てかけて、鍔《つば》に足をかけ、ひょいと跳《と》びのれるほど低くはない。屋敷《やしき》の中には、小判《こばん》がざくざくうなっているのだろうから、盗賊《とうぞく》よけには、それくらいの高さが必要なのだろう。

夕方、小桜《こざくら》は不忍池《しのばずのいけ》仁王門《におうもん》の雷蔵《らいぞう》の家をおとずれたあと、帰りに下見にきている。そのとき、裏木戸《うらきど》の場所はたしかめておいた。

夕餉《ゆうげ》のだいぶあと、夜四《よるよ》ツの鐘《かね》の音を聞いてから近江屋《おうみや》を出た。

満月に近い月が中天にかかっている。

真夜中だ。

忍《しの》びの黒装束《くろしょうぞく》の腰《こし》に忍者刀《にんじゃとう》といういでたちだ。

だれかと戦うこともないだろうから、得意の分銅縄《ふんどうなわ》は持たない。そのかわりというわけでもないが、さらしにまいた手裏剣《しゅりけん》をふところにしのばせるほか、先が研がれているかんざし、と言うか、かんざし型の手裏剣《しゅりけん》を三本、右のふくらはぎの外側につけていく。その上に脚絆《きゃはん》をまくが、紐《ひも》一本引くだけで脚絆《きゃはん》は半分、はずれ、かんざし型の手裏剣《しゅりけん》はすぐに取り出せる。その方法は小桜《こざくら》が自分で考えたものだ。

小桜《こざくら》は同じかんざしを六本持っている。銀製《ぎんせい》で、どれも小さな桜《さくら》が彫《ほ》ってあった。仁王《におう》の雷蔵《らいぞう》にもらったものを佐久次《さくじ》が研いでくれた。

伴《とも》は半守《はんす》だけ。

だが、近江屋《おうみや》を出るとき、一郎兄《いちろうあに》や佐久次《さくじ》に気づかれなかったはずはないから、おそらく佐久次《さくじ》があとをつけてきているにちがいない。

そう思って、ここにくるまでに何度もふりかえったり、あたりをうかがってみたりしたが、だれかに見張《みは》られている気配はなかった。

もっとも、佐久次《さくじ》ほどになれば、さとられずに小桜《こざくら》を尾行《びこう》するくらい、わけもないだろうし、昼間のいきさつからすれば、小桜《こざくら》の行先など、とうに知れているというものだ。

金座《きんざ》の裏木戸《うらきど》が開いたら、すぐ中にすべりこめるように、壁《かべ》に背《せ》をつけて立つ。

「吠《ほ》えろ。」

小桜《こざくら》がささやくと、半守《はんす》が裏木戸《うらきど》にむかって、猛烈《もうれつ》ないきおいで吠《ほ》えはじめる。

「グワウッ！ グワワワ、グワウッ！」

何度も何度も、吠《ほ》える。

やがて、裏木戸《うらきど》が開き、

「なんだ、いったい。こんな時間に……。」

とぶつぶつ文句《もんく》を言いながら、棒《ぼう》を持った男が裏木戸《うらきど》から出てくる。

出てくると同時に、

「わっ！」

と大声をあげた。

無理もない。狼《おおかみ》のような獣《けもの》がそこにいて、こちらをにらみつけていれば、たいていの者は声くらいあげるだろう。

その声と同時に、半守《はんす》が男にとびつく。

あわてて、男が庭の中に逃《に》げこもうとする。

そこを半守《はんす》が追いすがる。

男と半守《はんす》が一体となって、庭にころがりこんだ。

その隙《すき》に、小桜《こざくら》はすっと庭に入りこんでしまう。

半守《はんす》は男がほうりだした棒《ぼう》の先をひと噛《か》みする。

まえもって、半守《はんす》には段取《だんど》りを言って聞かせておいた。半守《はんす》の役割《やくわり》はそこまでだ。

小桜《こざくら》が庭に入ってしまうと、半守《はんす》は、開けっぱなしになっている裏木戸《うらきど》から外に出て、走り去ってしまう。

男はしりもちをついたかっこうで、

「な、なんだ、今のは……。」

とつぶやいている。

だが、そのつぶやきが終わらないうちに、だれかがかたいもので、うしろから背中《せなか》をトンとついた。

しりもちをついたままのかっこうで、男がふりむくと、そこに黒装束《くろしょうぞく》、黒覆面《くろふくめん》の子どもが棒《ぼう》をかまえて、立っている。

「だれだ、おまえは？」

と男が言ったところで、小桜《こざくら》は男の前にまわり、棒《ぼう》の先で男ののどを軽く一撃《いちげき》した。

軽くと言っても、棒《ぼう》だ。

男は、

「ぐっ……。」

とうなったあと、両手で首をおさえ、かがみこんだ。

そのあいだに、小桜《こざくら》は手にしている棒《ぼう》をたしかめる。

それは、棒術《ぼうじゅつ》に使う棒《ぼう》で、小桜《こざくら》が持っているほうのはじに、〈賀之助〉と名が書いてあり、もう一方の先には、半守《はんす》が噛《か》んだあとがある。

その噛《か》みあとがだいじなのだ。

小桜《こざくら》は低い声で言った。

「子どもと思って、あなどるな。この棒《ぼう》はいただいていく。」

ゴホ、ゴホと咳《せ》きこんだあと、ようやく声が出るようになってから、男が顔をあげて言った。

「棒《ぼう》だと？　その棒《ぼう》をどうする気だ。」

今度は、小桜《こざくら》は男の額《ひたい》を棒《ぼう》でこづく。

「痛《いた》っ！」

男があおむけにひっくりかえる。

小桜《こざくら》は男にまたがるようなかっこうで立ち、棒《ぼう》の先を男のみけんに押《お》しつけて言った。

「あなどるなと申しただろう。その物言いはなんだ。言いなおせ！」

そんな、どうでもいいようなことを言ったのは、あいてより、自分のほうが立場が上だと、思い知らせるためだ。いきなり棒《ぼう》でこづいたのも、同じ理由だ。

「へ。へい……。」

男がきゅうにへりくだったところで、小桜《こざくら》は言った。

「生類憐《しょうるいあわれ》み隠密《おんみつ》見回り役の者だ。」

むろん、でたらめだ。

生類憐《しょうるいあわれ》み隠密《おんみつ》見回り役などという役職《やくしょく》はない。

小桜《こざくら》はつづけて言った。

「さきごろ、このあたりで、棒《ぼう》で犬をこづく者があると、奉行所《ぶぎょうしょ》に訴《うった》え出た者があった。ここ金座《きんざ》は、勘定奉行《かんじょうぶぎょう》の支配下《しはいか》だが、われら、生類憐《しょうるいあわれ》み隠密《おんみつ》見回り役には、そのようなことにかかわらず、たとえあいてが大名《だいみょう》であろうが、町民であろうが、お犬様《いぬさま》に危害《きがい》をくわえる者があれば、それを老中様《ろうじゅうさま》にお知らせするのが役目である。この棒《ぼう》には名も書かれている。おまえの棒《ぼう》だろう。しかも、先には、犬の噛《か》みあともある。おまえも見ただろう。あの犬がただの犬と思うか？　上様《うえさま》がお手もとでお飼《か》いになっている犬だぞ。あろうことか、その犬に棒《ぼう》をふりあげるとは！」

小桜《こざくら》が早口でそこまで言うと、男は、

「お、お許《ゆる》しください。わたくしめは、けっして、棒《ぼう》をお犬様《いぬさま》にふりあげたりはいたしておりません。」

と言ったが、そんなことは、小桜《こざくら》にもわかっている。

「だまれ！　証拠《しょうこ》の噛《か》みあともある。あすには、おまえの首はさらし首となっていよう。」

小桜《こざくら》はそう言って、裏木戸《うらきど》から出ていこうとする。

「お、お待ちください。どうぞ、お許《ゆる》しを！　わたくしめは、ほんとうに、お犬様《いぬさま》に棒《ぼう》などは……。」

「言《い》い訳《わけ》は、あす、お白洲《しらす》でするんだな。」

小桜《こざくら》は捨《す》てぜりふを残し、棒《ぼう》を片手《かたて》に外に出た。

男が立ちあがって、

「お、お待ちください！」

と半泣きになって、小桜《こざくら》を追い、外に出てくる。

塀《へい》ぞいに数歩進んだところで、小桜《こざくら》はわざと男に追いつかれる。

「お、お待ちください。わたくしめはほんとうに！」

たおれこむようにして、腰《こし》にすがりついてくる男の手をはらう。

男が力なく、地べたに両手をつく。

そこはもう、金座《きんざ》の中ではない。

つまり、勘定奉行所《かんじょうぶぎょうしょ》ではなく、町奉行所《まちぶぎょうしょ》のおさめる地域《ちいき》だ。

怪《あや》しい者を見つければ、岡《おか》っ引《ぴ》きがどんなにきびしく問《と》い詰《つ》めてもかまわない場所なのだ。

身なりから見て、男は武士《ぶし》ではない。おそらく、下働きの職人《しょくにん》だろう。だとすれば、身分は町民だ。

ふと、気配を感じて、小桜《こざくら》は裏木戸《うらきど》に目をやった。

閉《し》まった裏木戸《うらきど》を背《せ》にして、黒装束《くろしょうぞく》の男が立っている。

佐久次《さくじ》だ。

やはりつけてきていたのだ。どこかで、一部始終を見ていたにちがいない。

もし、男が裏木戸《うらきど》から庭に逃《に》げこもうとしても、そうさせないようにしているのだろう。

むろん、男は気も動転しているから、そこに黒装束《くろしょうぞく》の男がいるなどということは気づかない。

小桜《こざくら》は佐久次《さくじ》が立っているほうとは反対側に目をやった。

そろそろ出てきてもいいころなのだが……。

そう思ったとき、尻《しり》っぱしょりの着物に、羽織姿《はおりすがた》の男が角《かど》からあらわれた。

月の光で、手にした十手《じって》がきらりと光った。

仁王《におう》の雷蔵《らいぞう》だ。

こちらに歩いてきた雷蔵《らいぞう》に、小桜《こざくら》は大仰《おおぎょう》に、

「町奉行所《まちぶぎょうしょ》の者か。」

とたずねた。

「へい、さようで。」

と雷蔵《らいぞう》が答えたところで、小桜《こざくら》は雷蔵《らいぞう》に棒《ぼう》をわたして言った。

「この者。あろうことか、上様《うえさま》の御飼《おか》い犬様《いぬさま》を棒《ぼう》で打たんとしたふとどき者である。番所《ばんしょ》に引っ立て、きつく詮議《せんぎ》せよ。」

「へっ!」

と雷蔵《らいぞう》が頭をさげる。

小桜《こざくら》はだまってうなずき、きびすをかえして、立ち去る。

裏木戸《うらきど》のところには、もう佐久次《さくじ》の姿《すがた》はない。

岡《おか》っ引《ぴ》きが金座《きんざ》に出向き、

「小判師《こばんし》のことで、うかがいたいことがあるのですが。」

とたずねるのと、番所《ばんしょ》で、しかも、生類憐《しょうるいあわれ》みの令違反《いはん》という大罪《だいざい》をおかした疑《うたが》いのある者を問いただすのでは、まるでちがう。

まして、あいては忍《しの》びどころか、武士《ぶし》ですらないのだ。死罪《しざい》をまぬかれるためなら、どんなことでも白状《はくじょう》するだろうし、夜が明けるまえに金座《きんざ》に帰してやれば、自分がどんな目にあったかは、だれにも言わないだろう。

生類憐《しょうるいあわれ》みの令違反《いはん》でつかまったこと、それから、金座《きんざ》の中でのことをべらべらしゃべったこと、そのどちらかひとつでも、仲間に話せることではない。

佐久次《さくじ》にあとをつけられたことは予想していた。だが、そこに雷蔵《らいぞう》があらわれることは予想していたことではなく、あらかじめ、雷蔵《らいぞう》としめしあわせたことだ。

夕方、小桜《こざくら》が雷蔵《らいぞう》の家に行ったのは、むろん、その打ち合わせのためだったのだ。

日本橋《にほんばし》のたもとまでくると、半守《はんす》が小桜《こざくら》を待っていた。

三段 ✿ 御《お》相《あい》手《て》様《さま》

出された茶をひと口すすってから、仁王《におう》の雷蔵《らいぞう》は言った。

「いやあ、近江屋《おうみや》のお嬢《じょう》さんから、生類憐《しょうるいあわれ》み隠密《おんみつ》見回りっていうのはどうかって言われたときには、そりゃあ、どうかなあ、そんなものでだまされるかなと思いやしたがね。これが案外、つぼにはまって、野郎《やろう》、賀之助《がのすけ》って名前が書かれた棒《ぼう》をちらつかせながら問いただしたら、べらべらしゃべりやしたよ。」

釜屋《かまや》の椅子席《いすせき》の、雷蔵《らいぞう》のむかい側にすわっているのは、近江屋番頭《おうみやばんとう》の佐久次《さくじ》と小桜《こざくら》だ。

いかにもいかがわしい生類憐《しょうるいあわれ》み隠密《おんみつ》見回りになりすまして、小桜《こざくら》が賀之助《がのすけ》をおどしたのは、きのうのことだ。

今、朝飯《あさめし》を食べにきた何人かの大工が帰ったばかりで、釜屋《かまや》には、ほかに客はいない。

「それで、やっぱり、小判師《こばんし》は三人、いなくなっていたので?」

佐久次《さくじ》の問いに、雷蔵《らいぞう》は、

「それが、ちょっとちがうんで。」

と言って、茶碗《ちゃわん》を卓《たく》の上においた。

「暮《く》れにひとり、正月にひとり。それから、十日前にひとり、それでその十日前にいなくなったのが卯之吉《うのきち》っていう職人《しょくにん》で、それについちゃあ、賀之助《がのすけ》は、そのとおりだって言うんですけどね……。」

「じゃあ、そのとおりじゃないこともあるってわけ?」

先を聞きたくて、うずうずしていた小桜《こざくら》がうながすと、雷蔵《らいぞう》はうなずいた。

「さようで。そのまえに、ひとり、いなくなっているんです。つまり、四人なんで。」

「じゃあ、今、金座《きんざ》には、四人の小判師《こばんし》が欠けてるってことですか。ひとり、ふたりなら、金座《きんざ》の仕事も、さしてとどこおることもなかろうけど、四人となると、ちょっとねえ。」

佐久次《さくじ》がそう言うと、雷蔵《らいぞう》はふたたび首をふった。

「いえね、番頭《ばんとう》さん。今いないのは三人なんで。」

「それ、どういうこと？　親分さん。」

小桜《こざくら》がそう言ったのと、佐久次《さくじ》が、

「なるほど。」

と言ったのは、ほとんど同時だった。

小桜《こざくら》は今、矢絣《やがすり》の着物に黒い帯という、いかにも町屋《まちや》の娘《むすめ》というかっこうをしている。

もし、これが丁稚《でっち》のかっこうだったら、もちろん言葉づかいもちがう。

「それは、どういうことなんです？　親分さん。」

というふうになっているだろう。

しかし、

「それ、どういうこと？」

でも、

「それは、どういうことなんです？」

でも、

「なるほど。」

とはだいぶちがう。

小桜《こざくら》は佐久次《さくじ》の顔を見て言った。

「なるほどって……？」

「つまり、いなくなった四人のうち、ひとりは帰ってきてるってことなのでは？」

佐久次《さくじ》の言葉に、雷蔵《らいぞう》はうなずいた。

「そうなんで。儀助《ぎすけ》っていう年寄《としよ》りの小判師《こばんし》が最初にいなくなったのは去年の十一月で、暮《く》れにもうひとり、そして、正月にひとりいなくなってから、三日もすると、儀助《ぎすけ》は帰ってきたんです。いなくなっていたのは、十一月から正月までってことになりやすね。」

小桜《こざくら》が、

「帰ってきたって、それ、無事にってこと。」

と言うと、雷蔵《らいぞう》は答えた。

「無事も無事。ぴんぴんしているそうなんで。」

今度は佐久次《さくじ》がたずねた。

「へえ、それじゃあ、その儀助《ぎすけ》っていう小判師《こばんし》は、どこかに旅にでも出てたんですかね。」

雷蔵《らいぞう》は佐久次《さくじ》の目を正面から見て、

「まあ、そんなとこですかね。」

とつぶやいてから、目の前の茶碗《ちゃわん》に目をおとした。

「そんなことですからね。卯之吉《うのきち》もそのうち、もどってくるでしょう。ここにうかがうまえ、おみつのうちに行って、『しばらくすりゃあ、帰ってくるから、だいじょうぶだ。』って、そう言ってやりやしたよ。そしたら、『しばらくって、いつだ。』ってね。まったくねえ。」

小桜《こざくら》は言った。

「そりゃあ、そのおみつさんっていう人だって、しばらくっていうのがいつなのか、知りたくったって、無理もないと思うけど。」

雷蔵《らいぞう》が小桜《こざくら》に言った。

「今度は、その娘《むすめ》さんが雷蔵《らいぞう》親分に泣きついたから、小判師《こばんし》の失踪《しっそう》も外にもれてしまいましたが、ひと月かふた月くらいなら、なんとかごまかせますからね。」

「まあ、そういうこって。」

と言って、雷蔵《らいぞう》が立ちあがると、佐久次《さくじ》がすわったまま、なにげなさそうに言った。

「それで、儀助《ぎすけ》っていう年寄《としよ》りは湯治《とうじ》にでも行ってたんでしょうかね。」

ふつうなら、雷蔵《らいぞう》が立ちあがれば、それで用は終わりだから、佐久次《さくじ》も見送りに立つところだ。

だが、佐久次《さくじ》は立たない。

その佐久次《さくじ》を見おろすようにして、雷蔵《らいぞう》が言った。

「番頭《ばんとう》さん。やっぱり気になりやすか？」

「え？　まあ、気にならないこともありませんねえ。」

「それがね。近くに温泉《おんせん》がありやすから、湯治《とうじ》にも行ったかしれやせんが、行先は信州《しんしゅう》だそうで。」

「信州《しんしゅう》、温泉《おんせん》……。」

とつぶやきながら、佐久次《さくじ》は、さっきからそれとなくこちらをうかがっている釜屋《かまや》の親父《おやじ》に目くばせをした。

親父《おやじ》がそっと店を出ていく。

それを見て、佐久次《さくじ》が雷蔵《らいぞう》に言った。

「親分。そんなにいそいでお帰りにならなくたっていいじゃありませんか。手前どもの主人が今、ご挨拶《あいさつ》にあがりますから。」

「へえ、さようで。」

と雷蔵《らいぞう》がすわりなおしてから少しして、近江屋《おうみや》の主人、小桜《こざくら》の兄《あに》の一郎《いちろう》が店に入ってきた。

あとからついてきた釜屋《かまや》の親父《おやじ》が店ののれんをおろす。

のれんをおろしてしまえば、戸を閉《し》めなくても、客は入ってこない。

佐久次《さくじ》が席を立つと、一郎兄《いちろうあに》がその席に、

「いや、親分さん。温泉《おんせん》の話で、何かおもしろいことがあるそうで。」

と言ってすわった。

「おもしろいかどうかわかりやせんが、金座《きんざ》の儀助《ぎすけ》っていう職人《しょくにん》が旅から帰ってきやしてね。」

雷蔵《らいぞう》はそこまで言うと、あたかも今思い出したかのように、つけくわえた。

「あ、そうそう。七倉温泉《ななくらおんせん》とか言ってましたっけ。あっしらみたいな貧乏人《びんぼうにん》は、そんな遠くの温泉《おんせん》になんか、行けやしやせんよ。」

ふと気づくと、佐久次《さくじ》の姿《すがた》がない。

おおかた、そっと近江屋《おうみや》にもどったのだろう。

釜屋《かまや》と近江屋《おうみや》は、二階の押《お》し入《い》れも、庭もつながっている。

それはともかく、小桜《こざくら》は、七倉温泉《ななくらおんせん》という温泉《おんせん》の名は初耳だった。

七倉温泉《ななくらおんせん》って、どんなところだろう……。

小桜《こざくら》は、湯気《ゆげ》がもうもうと立っている岩場に、七つの蔵《くら》がたっているところを想像《そうぞう》し、次の瞬間《しゅんかん》、まあ、そんな景色《けしき》じゃないだろうと思いなおした。

すると、雷蔵《らいぞう》が、

「七倉温泉《ななくらおんせん》っていったって、蔵《くら》が七つもたっているってことじゃないでしょうね。温泉《おんせん》のまわりに蔵《くら》をたてたって、中のものが湿《しめ》るだけですからね。」

と、小桜《こざくら》が想像《そうぞう》したことと似《に》たようなことを言って笑った。

そこへ店の外から佐久次《さくじ》がもどってきて、

「これじゃあ、とても蔵《くら》まではたちませんけど。」

と言いながら、すわっている雷蔵《らいぞう》の手に、白い紙につつまれた何かをにぎらせた。

雷蔵《らいぞう》はそれを佐久次《さくじ》に返そうとしながら言った。

「いえ、お気づかいはなさらないでください。べつに、あっしはこういうものをもらおうって、そんな了見《りょうけん》じゃねえんで。」

むろん、佐久次《さくじ》は受けとらずに、たずねた。

「それで、賀之助《がのすけ》っていうやつはどうなりました？」

困《こま》ったような顔で、白い紙づつみをにぎったたまま、雷蔵《らいぞう》が答える。

「夜が明けるだいぶまえにかえしてやりやした。」

「じゃあ、せっかく生類憐《しょうるいあわれ》みの令にそむいた男を引っつかまえたのに、お奉行様《ぶぎょうさま》からは、ご褒美《ほうび》はもらえなかったんでしょう？」

「そりゃあ、そうですけど、だけど……。」

「まあ、いいじゃないですか。おもしろい話をうかがい、手前どもも、主人が出てきて、へい、ありがとうございました、ですますわけにはいかないんで。」

「でも、こっちは、ただ、きのうのことを知らせにあがっただけで、それに、もとはと言えば、こっちから持ちこんだのをお嬢《じょう》さんに手つだってもらったんですから……。」

と雷蔵《らいぞう》が手にしたものを佐久次《さくじ》に返そうと、立ちあがりかけたところで、佐久次《さくじ》は雷蔵《らいぞう》のほうにかがみこみ、雷蔵《らいぞう》を押《お》しとどめるようなかっこうで言った。

「まあまあ、親分。うちの旦那《だんな》に恥《はじ》をかかせるようなことはなさらないで……。」

雷蔵《らいぞう》は白い紙づつみを持った手をたもとに入れて、すわりなおした。そして、一郎兄《いちろうあに》に、

「それじゃあ、ご厚意《こうい》、ありがたくちょうだいいたしやす。」

と頭をさげた。それから、立ちあがり、小桜《こざくら》に、

「今度また、うちに寄《よ》ってください。雷門《かみなりもん》名物の菓子《かし》でも、ごちそうしますよ。」

と言って、釜屋《かまや》を出ていった。

雷蔵《らいぞう》がすわっていたいすに佐久次《さくじ》が腰《こし》をおろし、

「七倉温泉《ななくらおんせん》といえば……。」

と言うと、一郎兄《いちろうあに》は腕《うで》をくんでつぶやいた。

「信州松川藩《しんしゅうまつかわはん》。二万七千石《ごく》……。」

ここでようやく、小桜《こざくら》は気づいた。

ひょっとして、金座《きんざ》の職人《しょくにん》の失踪《しっそう》は、橘北家《たちばなほっけ》のおつとめにかかわりがあるのではないだろうか？

それをためすように、小桜《こざくら》は佐久次《さくじ》にきいた。

「松川藩《まつかわはん》の藩主《はんしゅ》って……？」

「治部少輔《じぶしょう》、水科元照様《みずしなもとてるさま》で。」

佐久次《さくじ》が答えると、今度は一郎兄《いちろうあに》が佐久次《さくじ》にたしかめるように言った。

「松川藩《まつかわはん》は今年参勤《ことしさんきん》だ。ということは、今ごろは、江戸《えど》にむかっているな。」

「さようで。あそこは下諏訪《しもすわ》に出て、甲州《こうしゅう》街道をあがってくるのが……。」

佐久次《さくじ》がそこまで言うと、一郎兄《いちろうあに》は小桜《こざくら》に言った。

「小桜《こざくら》。父上のところにつなぎに行ってくれ。今、雷門《かみなりもん》の雷蔵《らいぞう》から聞いたことをそのまま言い、御相手様《おあいてさま》は信州松川藩《しんしゅうまつかわはん》と言うのだ。」

つなぎというのは連絡《れんらく》のことで、御相手様《おあいてさま》というのは、しらべるべき大名《だいみょう》や、その領地《りょうち》のことだ。

「わかりました。」

と言って、小桜《こざくら》が立ちあがったところで、のれんのかかっていない釜屋《かまや》の入り口から、

「くずはございませんか。」

と、のんきな声で言いながら、手ぬぐいでほおっかむりをした男が入ってきた。

ときどき近江屋《おうみや》に顔を出すくず屋だが、むろん、ただのくず屋ではない。

さっき、佐久次《さくじ》がいなくなったのは、雷蔵《らいぞう》にわたす金を取りにいっただけではない。手代《てだい》をひとり使いに出し、近くに住む橘北家《たちばなほっけ》の忍《しの》びを呼《よ》んだのだ。

やってきたくず屋に一郎兄《いちろうあに》はたずねた。

「次郎《じろう》は今、どのあたりだ。」

次郎兄《じろうあに》はいつも江戸《えど》にいない。外様大名《とざまだいみょう》の領地《りょうち》をさぐりにいっているのがふつうだ。

くず屋の声がするどくなる。

「おそらく、加賀《かが》の金沢《かなざわ》あたりでは……。」

一郎兄《いちろうあに》は、

「加賀《かが》百万石《ごく》か。」

とつぶやき、そのあとこう言った。

「百万石《ごく》ほどの獲物《えもの》ではないが、加賀《かが》から信州松川《しんしゅうまつかわ》に出むくよう、次郎《じろう》に知らせにいけ。」

「それで、おことづけは？」

「治部少輔《じぶしょう》の金のにおいをかいでこいと伝えよ。」

「はっ！」

とてもくず屋とは思えない身のこなしで、くず屋が出ていく。しかも、おもてからではなく、裏《うら》から出ていった。

四段 ❀ 鶴《かく》竜《りゅう》蘭《らん》香《こう》湯《とう》

江戸城《えどじょう》への忍《しの》びの出入りは平川門《ひらかわもん》ときまっている。とはいえ、それはゆるいきまりで、べつに堀《ほり》を泳いでわたってもいいし、門番の目をかすめて、ほかの門から出入りしても、かまわない。

平川門《ひらかわもん》の門番は、橘北家《たちばなほっけ》と橘南家《たちばななんけ》の忍《しの》びが交代でしている。

小桜《こざくら》は平川門《ひらかわもん》の橋をわたって、小道に入った。そのさきに、橘北家《たちばなほっけ》の屋敷《やしき》がある。

小道は何度もまがっているので、屋敷《やしき》は見えにくい。

小道が屋敷《やしき》の庭に入るところに、派手《はで》な青い衣《ころも》の小姓《こしょう》が立っていた。

小桜《こざくら》は近よって、矢絣《やがすり》の町屋娘《まちやむすめ》のかっこうには似合《にあ》わない言葉づかいで言った。

「どこの御小姓《おこしょう》かと思ったら、兄上《あにうえ》ではないか。」

三郎兄《さぶろうあに》は小桜《こざくら》が女言葉を使うのは好まず、たいてい、小桜《こざくら》と呼《よ》ばずに、四郎《しろう》と言う。

「どうした、四郎《しろう》。兄上《あにうえ》からのつなぎか。」

「そうだ。それで、兄上《あにうえ》はどうして小姓《こしょう》のかっこうを？」

小桜《こざくら》が再度《さいど》たずねると、三郎兄《さぶろうあに》はちょっとてれたように笑い、

「ああ、これはさきほど、左衛門尉様《さえもんのじょうさま》からいただいたものでな。」

と答えた。

「どなたからいただいたのかをきいたのではない。なぜ、小姓《こしょう》のかっこうをしているのかをきいたのだ。おつとめか？」

小桜《こざくら》が意地悪くそう言うと、三郎兄《さぶろうあに》は真顔で答えた。

「今、左衛門尉様《さえもんのじょうさま》が屋敷《やしき》にいらしているのだ。父上とお話し中だ。それで、お帰りのおりにお見送りしようと、ここで待っているのだ。」

「お見送りなら、屋敷《やしき》の玄関《げんかん》で待つべきではないか。」

小桜《こざくら》が問いただすように言うと、三郎兄《さぶろうあに》は答えた。

「いや、それが、ここで待つようにとのおおせなのだ。」

小桜《こざくら》は、だいたいそんなことだろうとは思った。

三郎兄《さぶろうあに》は酒井左衛門尉忠真《さかいさえもんのじょうただまさ》のお気に入りなのだ。

左衛門尉《さえもんのじょう》は気がねなく三郎兄《さぶろうあに》と話をするため、ここで待たせているのだ。

もっと何か言ってやろうかと小桜《こざくら》は思ったが、そのとき、屋敷《やしき》のほうから足音が聞こえてきた。

庭をぬけて、左衛門尉《さえもんのじょう》がこちらにやってくる。

小桜《こざくら》は三郎《さぶろう》とならんで、小道のわきに片膝《かたひざ》をついて、ぬかずいた。

左衛門尉《さえもんのじょう》はそばまでくると、

「よい、よい。ふたりとも立て。」

と言い、ふたりが立ったところで、まず小桜《こざくら》に言った。

「小桜《こざくら》。このごろまた美しくなったな。」

それはほとんどきまり文句《もんく》で、左衛門尉《さえもんのじょう》の言うとおりなら、今ごろ小桜《こざくら》は天下一の美人になっていることになる。

小桜《こざくら》も、

「いえ。御側用人様《おそばようにんさま》におかれましては、ご機嫌《きげん》うるわしく……。」

と、これまた、とおりいっぺんの挨拶《あいさつ》をする。

側用人《そばようにん》は将軍《しょうぐん》の側近であり、将軍《しょうぐん》の言葉を老中《ろうじゅう》に伝えるのも、側用人《そばようにん》の仕事だ。

「うむ。」

左衛門尉《さえもんのじょう》は小さくうなずくと、さも今思いついたように言った。

「そうだ、三郎《さぶろう》。わしはこれより、城外に出かける。そこにおるなら、ちょうどよい。ついてまいれ。」

「はっ！」

と三郎兄《さぶろうあに》は立ちあがり、もう歩きだしていた左衛門尉《さえもんのじょう》のあとから、そそくさとついていってしまった。

ふたりを見送ってから、小桜《こざくら》は庭をぬけて、屋敷《やしき》に入った。

左衛門尉《さえもんのじょう》を見送ったまま、ずっとそこにいるのだろう。小桜《こざくら》の父親にして、橘北家総帥《たちばなほっけそうすい》、伊勢流忍法《いせりゅうにんぽう》の頭領《とうりょう》、橘十郎左《たちばなじゅうろうざ》が、玄関《げんかん》をあがったところで、目をつぶり、腕《うで》ぐみをして、正座《せいざ》している。

小桜《こざくら》は土間《どま》に片膝《かたひざ》ついて、

「父上《ちちうえ》。近江屋《おうみや》より、ただいまもどりました。一郎兄上《いちろうあにうえ》よりのおことづけがあります。」

と言い、十郎左《じゅうろうざ》が、

「うむ。」

とうなずいたところで、一郎兄《いちろうあに》から言われたことを報告《ほうこく》した。

それを聞くと、十郎左《じゅうろうざ》は、

「そうか。わかった。」

と小さくうなずいてから言った。

「小桜《こざくら》。もどったばかりのところ、ご苦労だが、今一度近江屋《おうみや》にもどり、いそぎ、一郎《いちろう》に伝えよ。鶴竜蘭香湯《かくりゅうらんこうとう》を用意せよと。」

小桜《こざくら》は、カクリュウランコウトウという言葉は初耳だった。だが、トウは湯だろう。だとすれば、薬の名にちがいない。

「カクリュウランコウトウでございますね。」

小桜《こざくら》が言葉をくりかえすと、十郎左《じゅうろうざ》はうなずき、小声で命じた。

「そうだ。行け！」

小桜《こざくら》は屋敷《やしき》にあがることもなく、そのまま外に出ると、庭をぬけ、平川門《ひらかわもん》の門前の橋をわたった。

早足で近江屋《おうみや》にもどり、店に入ると、帳場《ちょうば》で佐久次《さくじ》がそろばんをはじいている。

佐久次《さくじ》が顔をあげて言った。

「何かお忘《わす》れ物《もの》で？」

こうも早く小桜《こざくら》がもどってくるとは思っていなかったのだろう。

店に客がいないのをたしかめてから、小桜《こざくら》はあがりかまちに腰《こし》かけた。

「兄上《あにうえ》は？」

「お出かけで。」

「そう……。」

父親から言われているのは、一郎兄《いちろうあに》にカクリュウランコウトウを用意するよう伝えることだ。だが、他の者には言うなとは口止めされていないし、いそげと言われている。佐久《さく》次《じ》には言ってもいいだろう。

小桜《こざくら》は草履《ぞうり》をぬいで、店にあがると、帳場《ちょうば》の低い柵《さく》ごしに、小声で言った。

「父上《ちちうえ》が兄上《あにうえ》に、カクリュウランコウトウをいそいで用意しろって……。」

一瞬《いっしゅん》、佐久次《さくじ》の顔がくもった。

「鶴竜蘭香湯《かくりゅうらんこうとう》をですか……。」

佐久次《さくじ》はそう言ってから、

「いったい、何に、いや、だれに……。」

とつぶやき、そこで言葉をとぎらせた。

小桜《こざくら》はたずねた。

「カクリュウランコウトウって、どんな薬？」

「カクのカクは鳥の鶴《つる》。リュウは天竜川《てんりゅうがわ》の竜《りゅう》。ランは花の蘭《らん》。そして、コウは線香《せんこう》の香《こう》で、それにトウは湯をわかすの湯です。」

「それは、漢字でどう書くかでしょ。それはわかったわ。鶴竜蘭香湯《かくりゅうらんこうとう》ね。鶴《つる》とか竜《りゅう》とか、それから蘭《らん》とか、ばかに大仰《おおぎょう》なものが出てくるけど、いったいそれ、なんの薬？」

「なんのって……。」

口ごもる佐久次《さくじ》に、小桜《こざくら》は、あ、そうかという顔をして、言った。

「わかった。それ、男の人と女の人が……。」

あわてたように佐久次《さくじ》が手を左右にふった。

「いえ。そんなんじゃありません。そんなのなら、べつにどうってことはありません。」

「じゃあ、なんなの？　どうってことなくない薬なのね。その鶴竜蘭香湯《かくりゅうらんこうとう》っていうのは。」

そのとき、外からだれかが店に入ってきた。

小桜《こざくら》がふりむくと、そこに一郎兄《いちろうあに》が立っている。

「鶴竜蘭香湯《かくりゅうらんこうとう》は、天竺《てんじく》に咲《さ》く鶴竜蘭《かくりゅうらん》という蘭《らん》の根からとる薬物だ。ふつうは白い粉で、強い香《かお》りがする。その香《かお》りが強すぎて、そのままでは飲めない。そこで、水や湯にとかして飲むのだ。水や湯にとかすと、不思議なことに、においがなくなる。」

一郎兄《いちろうあに》はそう言って、あがりかまちで草履《ぞうり》をぬぎ、板《いた》の間《ま》にあがってきた。

佐久次《さくじ》が帳場《ちょうば》の席をあけ、少しはなれてすわった。

一郎兄《いちろうあに》は、佐久次《さくじ》があけた席にすわって言った。

「もともとは心《しん》の臓《ぞう》の薬なのだが、気が高ぶった者に飲ませると、心が落ちつくので、そのために使うこともある。だが、心が弱っているとき、鶴竜蘭香湯《かくりゅうらんこうとう》を使うと、ぐっと暗い気分になったり、錯乱《さくらん》したりする。だから、医師《いし》はほとんど使わない。」

「じゃあ、だれが使うの？」

ときいてから、小桜《こざくら》は自分でその答がわかった。

一郎兄《いちろうあに》が答えた。

「忍《しの》びが使うのだ。」

やはり、そうなのだ。そういう薬なら、あまりよい目的には使わないだろう。

小桜《こざくら》はそれ以上たずねるのはやめた。

一郎兄《いちろうあに》が佐久次《さくじ》にたずねた。

「それで、鶴竜蘭香湯《かくりゅうらんこうとう》がどうしたというのだ。まさか、小桜《こざくら》が飲みたいとか申しているのではなかろう。」

たぶん、一郎兄《いちろうあに》は話のはじめのほうは聞いていないのだ。店に入るまえに、小桜《こざくら》の声が聞こえただけだろう。

佐久次《さくじ》が答えた。

「頭領様《とうりょうさま》が、いそぎ用意しろとのことで。」

「父上《ちちうえ》が兄上《あにうえ》にそう伝えろって。」

小桜《こざくら》がそう言いたすと、一郎兄《いちろうあに》は佐久次《さくじ》にたずねた。

「しばらく使ってないが、店にまだ残っているか。ないとなると、どこかから都合をつけないと。」

「いえ、ございます。たくさんはありませんが。」

佐久次《さくじ》が答えると、一郎兄《いちろうあに》が小桜《こざくら》の顔を見た。

「父上《ちちうえ》はどれほど用意せよとおっしゃったのだ。」

「量については、なんにも。」

小桜《こざくら》の答に、一郎兄《いちろうあに》は苦笑いを口もとにうかべた。

「おそらく、ひとり分でたりるのだろう。あんなものをおおぜいに使ったら、とんでもないことになる。」

「すぐに、お屋敷《やしき》にとどけにいってまいります。」

佐久次《さくじ》がそう言って、立ちあがった。

五段 ✿ 稲荷寿司《いなりずし》

それからしばらくのあいだ、小桜《こざくら》は近江屋《おうみや》と城《しろ》の屋敷《やしき》をつなぎで何度も往復《おうふく》した。

一日一回とはかぎらず、二度三度と行き来することもあった。だから、女物の着物はやめ、丁稚《でっち》のかっこうで行くようにした。そのほうが動きやすい。

動きやすいが、つまらない。

そんな夕暮《ゆうぐ》れ、江戸《えど》の屋敷《やしき》を出て、平川門《ひらかわもん》を通り、お堀《ほり》をこえたところで、歌舞伎《かぶき》役者の市川桜花《いちかわおうか》に出くわした。

桜花《おうか》は堀《ほり》ばたに立って、城《しろ》を見ていた。

小桜《こざくら》はといえば、そのときのつなぎは、父親から一郎兄《いちろうあに》へのことづけではなく、母親が作った稲荷寿司《いなりずし》を近江屋《おうみや》に持っていくというものだった。

小桜《こざくら》は風呂敷《ふろしき》につつんだ五十ほどの稲荷寿司《いなりずし》を首のうしろに背負《せお》っていた。

夏ならともかく、二月では、稲荷寿司《いなりずし》もいたみにくい。だから、そういそがなくてもよい。

小桜《こざくら》が桜花《おうか》に声をかけようとすると、ちょうど桜花《おうか》も小桜《こざくら》に気づいたようで、こちらを見た。

小桜《こざくら》は桜花《おうか》に近よって、話しかけた。

「桜花《おうか》さん。夕暮《ゆうぐ》れのお城《しろ》を見物ですか。」

桜花《おうか》はそれには答えず、小桜《こざくら》にたずねた。

「これから、近江屋《おうみや》さんかい?」

「ええ。」

小桜《こざくら》がうなずくと、桜花《おうか》は小桜《こざくら》の肩《かた》にかかっている風呂敷包《ふろしきづつ》みに目をやって、

「それ、稲荷寿司《いなりずし》かい?」

と言った。

一郎兄《いちろうあに》は桜花《おうか》のことを狐狸妖怪《こりようかい》のたぐいだと言っている。狐狸妖怪《こりようかい》の中でも、狐《きつね》にちがいないと言っている。

一郎兄《いちろうあに》は真顔でそう言うが、佐久次《さくじ》はいつもその話が出ると、そんなばかなという顔をする。

桜花《おうか》が稲荷寿司《いなりずし》に気づいたことで、小桜《こざくら》はそのことを思い出した。それで、

「そうです。稲荷寿司《いなりずし》です。いくつか、さしあげましょうか。」

と言ってみた。

すると、桜花《おうか》はおもしろそうに、くくくと笑ってから言った。

「ごちそうになるのは、またにしますよ。」

歌舞伎《かぶき》役者に女はいない。桜花《おうか》も男だ。

女役の女形《おやま》なのだが、こうして見ると、身のこなしも、笑いかたも、それどころか、笑い声さえも女だ。男の気配はまったくしない。

小桜《こざくら》は女で、おつとめのときは男のように立ちまわる。けれども、だれが見ても男になっているとは言えないだろう。女だと、どうしてもどこかに女の動きが出てしまう。だが、桜花《おうか》には、まったく男の動きがない。男女の差はあるが、見習うところはある。

と、そんなことを小桜《こざくら》が思っていると、桜花《おうか》はまず城《しろ》に目をやり、

「お嬢《じょう》さんは、あっちにいるより……。」

と言ってから、小桜《こざくら》の顔を見て言った。

「町にいるほうが楽しいんじゃ？」

そのとおりだった。

屋敷《やしき》にいると、稽古《けいこ》、稽古《けいこ》と三郎兄《さぶろうあに》がうるさいし、男っぽくふるまっていなければならないし、そうかと思えば、たとえばきょうみたいに、母親の稲荷寿司《いなりずし》作りを手つだわされる。

そのてん、近江屋《おうみや》にいれば、せいぜい店の手つだいをすればいいだけで、三度の食事は釜屋《かまや》に行ったり、釜屋《かまや》からとどいたりする。あとは、好きな着物を着て、町をふらついたり、気がむいたら、夜中に黒装束《くろしょうぞく》で出かけ、どこかの大名屋敷《だいみょうやしき》の庭にしのびこんで、術《じゅつ》の稽古《けいこ》をしていればいいのだ。

だが、そんなことをべらべらしゃべるわけにもいかないので、小桜《こざくら》がだまっていると、桜花《おうか》が言った。

「近江屋《おうみや》さんにいるほうが気楽でいいと、そう思っているんでしょ。でも、きっと自分でも気づかないだけで、いえ、ひょっとして気づいているのかもしれないけれど、あなたはお城《しろ》の重苦しい空気がいやなんじゃないの？」

お城《しろ》の空気が重苦しいと思ったことはない。

「どうでしょうか……。」

小桜《こざくら》があいまいに答えると、桜花《おうか》が話をかえた。

「今さらかくすこともないでしょ。あなた、お城《しろ》の中でも、おつとめはあるでしょ。たとえば、植木の具合を見るとか……。」

江戸城内《えどじょうない》の整備《せいび》、警備《けいび》も、御庭役《おにわやく》のおつとめのひとつで、三郎《さぶろう》はよくするが、小桜《こざくら》はあまり好きではなく、言われなければ、やらない。

小桜《こざくら》が桜花《おうか》と最初に会ったのは、去年。夜中の紀之国坂《きのくにざか》でだ。

のっぺらぼうになって、坂を通る者をおどすやつがいるというので、退治《たいじ》にいったら、返《かえ》り討《う》ちにされた。のっぺらぼうは桜花《おうか》だった。

そのときから、こちらがくのいちだとばれていても、はっきりそれを認《みと》めるわけにはいかない。

小桜《こざくら》がだまっていると、桜花《おうか》は、暮《く》れなずんでいく城《しろ》をながめて言った。

「やれ何万石《ごく》だ、それ何十万石《ごく》だと言ったって、大名《だいみょう》の殿様《とのさま》なんて、気の毒なものよ。国許《くにもと》に一年、江戸《えど》に一年。江戸《えど》にいたって、日本橋《にほんばし》をぶらぶらしていたり、芝居《しばい》小屋で大見得《おおみえ》を切って、喝采《かっさい》をあびていればいいんじゃないんだからねえ。お城《しろ》で将軍《しょうぐん》や幕閣《ばっかく》の連中に、へいこら頭をさげて、ささいなことでも、すぐにとがめられ、参勤《さんきん》交代で金がかかるものだから、つい悪事をはたらけば、お家は断絶《だんぜつ》、その身は切腹《せっぷく》。ああ、いやだ、いやだ。そういう大名《だいみょう》たちの怨嗟《えんさ》がこの城《しろ》にはただよっているのさ。」

それから、桜花《おうか》は小桜《こざくら》の顔に視線《しせん》をもどした。そして、言った。

「そういう怨嗟《えんさ》が重苦しい空気のもとになっているってわけ。」

なんだか、こっちのおつとめを悪く言われたようで、小桜《こざくら》はちょっとむっとした。それが、つい表情《ひょうじょう》に出たのかもしれない。

桜花《おうか》は小桜《こざくら》のほうにかがみこんで、

「あら、腹《はら》を立てた。だけど、怒《おこ》った顔もかわいいねえ。忍《しの》びにしておくのはもったいない。女だから、役者にはなれないかもしれないけれど、芸者になったら、ひっぱりだこになるにちがいないよ。」

と言い、小桜《こざくら》の背中《せなか》の風呂敷《ふろしき》を右手でなぜた。それから、背《せ》をすっとのばして、つぶやいた。

「せっかくだから、やっぱりひとついただこうかね、稲荷寿司《いなりずし》。」

「それじゃあ……。」

と、小桜《こざくら》が首でむすんだ風呂敷包《ふろしきづつ》みをほどこうとすると、桜花《おうか》はすっと左手を小桜《こざくら》の目の前に出した。

「わざわざ荷をとかなくても、もう出しましたよ。ひとつずつ、いただきましょ。」

桜花《おうか》のてのひらには、稲荷寿司《いなりずし》がふたつのっていた。それは、たしかに、母親といっしょに作った稲荷寿司《いなりずし》だった。

小桜《こざくら》の母が作る稲荷寿司《いなりずし》は、ひと口で食べられるように、町で売っているものの半分くらいの大きさしかない。

小桜《こざくら》は、ふたつのうちのひとつをつまみ、口に入れてみた。

味も、母親が作ったものだ。

左のてのひらに残った稲荷寿司《いなりずし》を桜花《おうか》は右手でつまみ、口に入れた。

「あら、おいしい。ごちそうさま。」

桜花《おうか》はすぐにそう言った。

ほんとうに食べたのだろうか。嚙《か》んだようには見えない。ひとのみに、のみこんでしまったのだろうか。

西の空が暗くなってきた。

「日も暮《く》れそうだし、それじゃあ、近江屋《おうみや》さんまで送りましょうか。」

桜花《おうか》はそう言って、歩きだした。

小桜《こざくら》は桜花《おうか》とならんで歩いた。

歩きながら、桜花《おうか》が唐突《とうとつ》に言った。

「織田信長《おだのぶなが》公って知ってるかい?」

なぜ、いきなり昔の大名《だいみょう》の名が出てくるのかわからなかったが、ともあれ、小桜《こざくら》は、

「本能寺《ほんのうじ》で討《う》たれた?」

と言った。

「そうさ。信長公《のぶなが》が本能寺《ほんのうじ》で最期《さいご》をとげたときのようすを舞《ま》いにしてみようかと思っているんだけど……。」

と、そんな舞《ま》いや、芝居《しばい》の話を聞いているうちに、近江屋《おうみや》の前についた。

まだ、空はいくらか明るさを残している。

店の前で、送ってくれた礼を言い、桜花《おうか》と別れ、店に入る。

小桜《こざくら》は板《いた》の間《ま》にすわりこみ、すぐに風呂敷包《ふろしきづつ》みをほどいて、稲荷寿司《いなりずし》の数を数えた。

四十八……。

十ずつこわけにして、竹の皮につつんだのだ。

十個《こ》入っているのが四つ。残りのひとつには、八つしかなかった。

ちょっとさわっただけで、どうやって風呂敷包《ふろしきづつ》みの中から、いや、竹の皮の中から、稲《いな》荷寿司《りずし》をふたつ出したのだろう。

竹の皮はしっかりむすんであり、八つしか稲荷寿司《いなりずし》がなかった竹の皮も、紐《ひも》がかかったままだった。

佐久次《さくじ》がそばにきて、言った。

「おや？ 稲荷寿司《いなりずし》ですね。こりゃあ、うまそうだ。」

小桜《こざくら》が下から佐久次《さくじ》の顔を見あげると、佐久次《さくじ》が言った。

「どうしたんです？ 狐《きつね》につままれたような顔をして……。」

「うん。狐《きつね》につままれたのかもしれない。」

と言ってから、小桜《こざくら》は外に目をやり、つぶやいた。

「狐《きつね》に稲荷寿司《いなりずし》をつままれたかもしれない……。」

六段 ✿ 土産《みやげ》

三月に入った。

梅が終わり、桜《さくら》がつぼみをふくらませはじめたので、桜《さくら》の振袖《ふりそで》はもう着られない……。

そんなことを思いながら、昼餉《ひるげ》のあと、小桜《こざくら》が近江屋《おうみや》の二階で、去年作ったあやめ柄《がら》の振袖《ふりそで》と帯を出していると、一階から次郎兄《じろうあに》の声が聞こえた。

江戸《えど》に帰ってきたのだ。

丁稚《でっち》のかっこうから、手早くあやめの振袖《ふりそで》に着《き》がえ、髪《かみ》をなおして、下におりていく。

店ではなく、奥《おく》の座敷《ざしき》から次郎兄《じろうあに》の声が聞こえてくる。

店をのぞくと、佐久次《さくじ》もいない。ふたりいる手代《てだい》が客のあいてをしている。

小桜《こざくら》は閉《し》まっている座敷《ざしき》の障子《しょうじ》の前に膝《ひざ》をつき、

「小桜《こざくら》です。」

と声をかけた。

「入りなさい。」

一郎兄《いちろうあに》の返事を待って、障子《しょうじ》を開けて、中に入る。

床《とこ》の間《ま》を背《せ》にして、一郎兄《いちろうあに》がすわっている。その手前に佐久次《さくじ》と、それから、薬の行商人が一郎兄《いちろうあに》にむかってすわっている。

行商人がふりむいた。

「おお、小桜《こざくら》。菖蒲《しょうぶ》とは、気が早いな。まだ、桜《さくら》も咲《さ》いていないのに。」

行商人はむろん、次郎兄《じろうあに》だ。

「おかえりなさいませ、兄上《あにうえ》。だけど、菖蒲《しょうぶ》じゃなくて、あやめよ。」

小桜《こざくら》はそう言って、次郎兄《じろうあに》の横にすわり、

「そりゃあ、兄上《あにうえ》がおつとめに出ているような、いなかは知らないけれど、江戸《えど》じゃあ、ひと月もふた月も気が早いんだから。もう桜《さくら》は着られません。」

と言った。

次郎兄《じろうあに》が言いかえしてくる。

「いなかでも、西国《さいごく》じゃあ、江戸《えど》より春が早いぞ。薩摩《さつま》じゃ、今時分、桜《さくら》は満開だろう。」

「薩摩《さつま》じゃそうかもしれないけれど、津軽《つがる》じゃあ、まだ梅もつぼみじゃないかしら。わたし、いなかはきらい。」

「薩摩《さつま》も津軽《つがる》も、行ったことはないくせに、いなかがきらいも、あったものか。」

そういうふたりのじゃれあいを止めるように、一郎兄《いちろうあに》が次郎兄《じろうあに》に言った。

「それじゃあ、その反物《たんもの》というのを見せてくれ。」

反物《たんもの》？

小桜《こざくら》は心がおどった。

次郎兄《じろうあに》は加賀《かが》に行っていたということだ。

加賀《かが》といえば、太郎田屋《たろうたや》の御国染《おくにぞめ》。土産《みやげ》は藍染《あいぞめ》だろうか……。

わくわくしながら、小桜《こざくら》が見ていると、次郎兄《じろうあに》はそばにあった大きな荷物をほどき、中から濃紺《のうこん》の反物《たんもの》をひとつ出した。

やっぱり！

小桜《こざくら》は思わずさわってみたくなったが、まだ土産《みやげ》とは言われていないし、手など出すのは、はしたない。

荷から出した反物《たんもの》を次郎兄《じろうあに》は一郎兄《いちろうあに》にわたした。

一郎兄《いちろうあに》は重さをはかるようなしぐさで、上にむけたてのひらにのせて、言った。

「重さは反物《たんもの》だな。」

反物《たんもの》なんだから、重さだって反物《たんもの》の重さにきまってる。じらさないで、早く見せてほしい。

小桜《こざくら》はそう思ったが、もちろん、そんなことは言わない。

一郎兄《いちろうあに》は反物《たんもの》を佐久次《さくじ》にわたした。

佐久次《さくじ》は反物《たんもの》を両手のてのひらにのせ、

「たしかに。」

とつぶやいた。

「小桜《こざくら》。おまえも。」

ようやく一郎兄《いちろうあに》にそう言われ、小桜《こざくら》は反物《たんもの》を佐久次《さくじ》から受けとった。

「兄上《あにうえ》。ひろげていい？」

いちおう一郎兄《いちろうあに》にきくと、一郎兄《いちろうあに》がうなずいた。

小桜《こざくら》は反物《たんもの》をたたみの上におき、右手で布《ぬの》のはじをおさえ、左手で筒《つつ》をころがした。

小桜《こざくら》は呉服屋《ごふくや》でこれをやるのが大好きだった。

ころころと筒《つつ》がころがっていくにつれ、床《ゆか》に別世界がひろがっていくのだ。

まだ冬ならば春が、春ならば夏が、夏なら秋。そして、秋には雪景色《ゆきげしき》がひろがる。

だが今、筒《つつ》は、ふたまわりほどころがったところで止まった。

青の布地《ぬのじ》は終わり、あとは太い軸《じく》だった。

「何、これ？」

小桜《こざくら》が一郎兄《いちろうあに》の顔を見ると、次郎兄《じろうあに》が一郎兄《いちろうあに》に、

「このように、見かけは反物《たんもの》ですが、布《ぬの》は三尺《じゃく》もなく、あとは厚紙《あつがみ》の筒《つつ》で。」

と言い、手をのばして、その筒《つつ》をつかむと、はじをひねった。

すぐに筒《つつ》のまるいはじがとれる。そこを下にして、次郎兄《じろうあに》が筒《つつ》を上下にふった。

ぽとり……。

布《ぬの》につつまれた、何か重そうなものが畳《たたみ》の上に落ちた。

次郎兄《じろうあに》はそのつつみを手にとり、布《ぬの》をとりのぞき、なかみを一郎兄《いちろうあに》の前においた。

それは紙で封印《ふういん》された小判《こばん》。五十両だった！

次郎兄《じろうあに》が言った。

「この五十両のほかに、まだ、筒《つつ》の中には、布《ぬの》にくるまれた石が入っております。重さのかたよりをなくすためのようです。」

佐久次《さくじ》が次郎兄《じろうあに》に言った。

「反物《たんもの》一本で、五十両運ぶということで？　手のこんだこった。」

次郎兄《じろうあに》がうなずいた。

「そうだ。二百本で千両箱ひとつぶん。荷車ひとつで、三つ四つは運べる。」

「ちょっと、よろしいでしょうか。」

佐久次《さくじ》がそう言って、畳《たたみ》の上の五十両に手をのばす。

一郎兄《いちろうあに》がうなずいたところで、佐久次《さくじ》は五十両を手に取る。

一郎兄《いちろうあに》がいった。

佐久次《さくじ》が封《ふう》を切り、かさなった小判《こばん》の一番上のものを手に取って、あとは畳《たたみ》の上においた。

「封《ふう》を切ってみろ。」

佐久次《さくじ》はためつすがめつ小判《こばん》を見てから、

「しろうとじゃあ、本物と区別がつきませんね。」

それで、小桜《こざくら》はそれが贋金《にせがね》とわかった。

贋金《にせがね》作りは大罪《だいざい》だ。

反物《たんもの》かと思ったら、筒《つつ》から小判《こばん》が出てきて、しかもそれが贋金《にせがね》だなんて！

小桜《こざくら》はあっけにとられて、佐久次《さくじ》の手の中の小判《こばん》をじっと見つめた。

七段✿忠義《ちゅうぎ》

小桜《こざくら》が見つめている小判《こばん》を佐久次《さくじ》がほかの小判《こばん》の上においたとき、小桜《こざくら》は口を開いた。

「次郎兄上《じろうあにうえ》。これは、どういうこと？」

正座《せいざ》をしていた一郎兄《いちろうあに》がひざをくずすと、やはり正座《せいざ》だった次郎兄《じろうあに》もあぐらをかいた。

そして、小桜《こざくら》に言った。

「おまえ、岡《おか》っ引《ぴ》きといっしょに、金座《きんざ》の小判師《こばんし》を脅《おど》したことがあったろ。佐久次《さくじ》から聞いた。」

小桜《こざくら》がうなずく。

次郎兄《じろうあに》が話をつづけ、

「いなくなった小判師《こばんし》というのは、湯治《とうじ》に行っていたのではない。そりゃあ、近くに温泉《おんせん》がないこともないから、湯につかることはあったろうが、それが目的ではない。」

と言ったところで、小桜《こざくら》は、

「ああ。そういうことか……。」

とつぶやいた。

「もうわかったのか。それなら、言ってみろ。」

次郎兄《じろうあに》に言われ、小桜《こざくら》は言った。

「松川藩《まつかわはん》ね。信州《しんしゅう》、松川藩《まつかわはん》で、贋金《にせがね》作りをしていたんでしょ。どうやって話をつけたか、そこまではわからないけど、金座《きんざ》の小判師《こばんし》をこっそり呼《よ》んで、贋金《にせがね》を作らせ、反物《たんもの》にしこんで、それをどこかに持っていこうっていう、そういう算段《さんだん》じゃない？　だけど……。」

「だけど、なんだ？」

次郎兄《じろうあに》にうながされて、小桜《こざくら》は言った。

「だけど、なんだって、わざわざ御国許《おくにもと》でそんなことをするの？　江戸《えど》の屋敷《やしき》でやればいいじゃない。」

「なるほど。おまえが言うのも、もっともだ。だが、贋金《にせがね》の材料はどこから手に入れるんだ。」

「どうせ、偽物《にせもの》なんだから、そのへんの金物屋《かなものや》か、くず屋で、手に入らないかしら。」

「金《きん》がか？」

「だって、贋金《にせがね》なんでしょ。金《きん》じゃないでしょ。」

「それが金《きん》なんだ。この贋金《にせがね》は金《きん》でできている。金《きん》の量は本物の小判《こばん》とすっかり同じだ。」

「じゃあ、贋金《にせがね》とは言えないいんじゃない？」

小桜《こざくら》がそう言ったところで、一郎兄《いちろうあに》が言葉をはさんだ。

「本物と同じ材料で作ろうが、金座《きんざ》以外の場所で作った小判《こばん》はすべて贋金《にせがね》なのだ。」

「そうなの？」

同じ金《きん》でできていれば、同じではないかと、小桜《こざくら》は思った。

納得《なっとく》していないのが顔に出たのだろう。一郎兄《いちろうあに》が言った。

「じゃあ、きくが、同じ絹糸《けんし》、同じ染料《せんりょう》、それから、同じ職人《しょくにん》を使って、京の友禅《ゆうぜん》を江戸《えど》で染《そ》めあげたら、できあがったものは京友禅《きょうゆうぜん》か？」

「そりゃあ、だめよ。ちゃんと鴨川《かもがわ》の水で洗《あら》わないと、京友禅《きょうゆうぜん》とは言えないわ。そんなこと、あたりまえ……。」

と、そこまで言って、小桜《こざくら》は自分で気づいた。

幕府直轄《ばくふちょっかつ》の金座《きんざ》で作った小判《こばん》でなければ、同じ材料、同じ職人《しょくにん》が作っても、それは本物の小判《こばん》ではないのだ。

次郎兄《じろうあに》が小桜《こざくら》に言った。

「金《きん》は砂金《さきん》や、金《きん》のふくまれる鉱石《こうせき》からとる。それは、大名《だいみょう》の江戸屋敷《えどやしき》でできるようなことではない。それに、そんなものを屋敷《やしき》に運んでいるところを見られたら、いったいどこでそれを手に入れ、何に使うのだ、ということになるだろう。だが、小判《こばん》をどこかから運んできても、一度に何万両という大金ならともかく、千両や二千両なら、江戸《えど》の大店《おおだな》だってておいてあるくらいだからな。べつにとがめられはせぬ。」

そこまで聞いて、小桜《こざくら》は口をはさんだ。

「だったら、小判《こばん》を千両箱に入れればいいでしょ。こんなふうに、反物《たんもの》の軸《じく》に仕込《しこ》むことはないじゃない。」

するとと、次郎兄《じろうあに》は意外にも、

「そのとおり！　おれなら、そうする。」

と言った。

佐久次《さくじ》がぽつりと言った。

「加賀《かが》やら、仙台《せんだい》やら、薩摩《さつま》やらの大大名《だいだいみょう》なら、そうしたでしょうね。」

一郎兄《いちろうあに》がうなずいた。

「そのあたりの大名《だいみょう》なら、そもそも贋金《にせがね》など作らなかろう。いなかの貧乏小大名《びんぼうしょうだいみょう》の悲しさというところか。することがござかしい。」

次郎兄《じろうあに》が小桜《こざくら》に言った。

「松川藩《まつかわはん》藩主《はんしゅ》の水科治部少輔元照《みずしなじぶしょうもとてる》は今年《ことし》二十一で、俺《おれ》と同じ年だ。おととし父親の照成《てるなり》が亡《な》くなり、家督《かとく》をついだ。凡庸《ぼんよう》な若殿《わかとの》というところだ。筆頭国家老《ひっとうくにがろう》の相田祐森《あいだひろもり》は、歳《とし》は五十、忠義者《ちゅうぎもの》との評判《ひょうばん》で、主人思いの民《たみ》思い。年貢《ねんぐ》の取り立てもあまい。つまり、領民《りょうみん》にやさしいということだ。」

藩主《はんしゅ》が若《わか》くて、多少頭がきれなくたって、忠義者《ちゅうぎもの》の家老《かろう》がいて、しかも、きびしい年貢《ねんぐ》の取り立てがなければ、領民《りょうみん》は満足しているだろう。それなのに、次郎兄《じろうあに》は、まるでそれが悪いことだと言わんばかりだ。

「それなら、そんなに悪くないんじゃ……。」

小桜《こざくら》がそう言うと、次郎兄《じろうあに》はそれをさえぎった。

「悪くないだと？　どこが悪くないのだ。そうなると、どうなる。主人にも、百姓《ひゃくしょう》にもいい顔をしていれば、藩《はん》の財政《ざいせい》はしだいに逼迫《ひっぱく》してくる。きびしく年貢《ねんぐ》を取り立てるのがいやなら、それ相応《そうおう》にやっていけばいいのだ。だが、忠義《ちゅうぎ》づらの筆頭国家老《ひっとうくにがろう》は、そういうきびしい金繰《かねぐ》りのなかでも、江戸《えど》へ参勤《さんきん》にあがる主人に恥《はじ》をかかせたくない、などと思うのだ。参勤《さんきん》にあがれば、幕閣《ばっかく》へのつけとどけや、同格《どうかく》の大名《だいみょう》どうしのつきあいなどに、金がかかる。藩主《はんしゅ》の治部少輔《じぶしょう》は凡庸《ぼんよう》だから、財政《ざいせい》をかえりみずに、金を使う。筆頭国家老《ひっとうくにがろう》はその言いなりになって、金を出す。そんなのは、あまやかしであって、忠義《ちゅうぎ》などではない！」

そう言われれば、たしかに次郎兄《じろうあに》の言うことにも、一理ある……。

小桜《こざくら》はそう思った。

次郎兄《じろうあに》は話をつづけた。

「そんなおり、領内《りょうない》の山奥《やまおく》で金山《きんざん》が見つかった。金山《きんざん》と言っても、十年も掘《ほ》ったら、掘《ほ》りつくしてしまう程度《ていど》のものだ。金山《きんざん》が見つかれば、むろん、幕府《ばくふ》にとどけねばならない。だが、とどければ、取りあげられる。ならばと、かくして掘《ほ》った。だが、掘《ほ》るまではできても、砂金《さきん》や鉱石《こうせき》から金《きん》を取り出し、それを小判《こばん》にして使えるようにするには、職人《しょくにん》がいる。それで、江戸《えど》の金座《きんざ》の御金改《ごきんあらため》に法外な金を払《はら》い、こっそり、小判職人《こばんしょくにん》を借りうけた。最初にひとり、次にひとり、その次にひとり。そして、三人目がくるころ、ひとり目を江《え》戸《ど》に帰すというふうにしてな。」

「そうすれば、松川藩《まつかわはん》の中で、贋小判《にせこばん》を作れるってことなんでしょうけど、いくら三人だって、ずっとやっていれば、ばれるんじゃない?」

小桜《こざくら》がそう言うと、次郎兄《じろうあに》はうなずいた。

「そうだ。だから、三月《みつき》くらいしかやらない。せいぜい半年だろうな。それで、水科治部《みずしなじぶ》少輔元照《しょうもとてる》の参勤《さんきん》にかかる金を作り、二年たったら、また同じことをしようという魂胆《こんたん》さ。それでな。相田祐森《あいだひろもり》は、まあ、策士《さくし》と言えば、策士《さくし》とも言えてな。たかだか何千両かの金だが、それでも、途中《とちゅう》、盗賊《とうぞく》におそわれないともかぎらないし、宿場の役人にしらべられ、あれこれ弁解《べんかい》するのもめんどうだということで、藩《はん》の商人が江戸《えど》の呉服屋《ごふくや》に運ぶという形で、反物《たんもの》のなかに小判《こばん》を入れて江戸《えど》に持ちこもうと、まあ、そう考えたわけだろう。反物《たんもの》の五百や六百、呉服《ごふく》商人が運ぶ量としては、そう不自然ではない。かさばりはするが、重さは荷車で運べるくらいだ。」

次郎兄《じろうあに》がそこでだまると、ほかのふたりも、だまりこんだ。

庭ですずめが鳴いた。

「たしかに、贋小判《にせこばん》作りに藩主《はんしゅ》をまきこむのは、忠義《ちゅうぎ》とは言えない。」

佐久次《さくじ》がひとりごとを言って立ちあがり、庭に出る縁側《えんがわ》の障子《しょうじ》を半分ほど開けた。

冷たい空気がすうっと座敷《ざしき》に入ってくる。

半守《はんす》が庭を横切るのが見えた。

佐久次《さくじ》はもどってきて、もとの場所にすわると、だれに言うともなく言った。

「荷を運ぶとき、おそらく、松川藩《まつかわはん》の家老《かろう》のだれかが、いっしょにくるんでしょう。荷を取りおさえ、そこに贋小判《にせこばん》が入っていて、すぐそばに松川藩《まつかわはん》の藩士《はんし》がいる、と、そういうことか……。」

小桜《こざくら》は佐久次《さくじ》に、たしかめるように言った。

「そういうことって、つまり……。」

佐久次《さくじ》は小桜《こざくら》の顔は見ず、庭に目をやって答えた。

「そうなれば、今、参勤《さんきん》で江戸《えど》にいる水科治部少輔《みずしなじぶしょう》はきつい詮議《せんぎ》を受けます。凡庸《ぼんよう》な男だから、しらをきりとおすしぶとさもない。切腹《せっぷく》ということになりましょう。知らなかったはとおらないし、贋小判《にせこばん》作りについては、よく知らなくとも、領地《りょうち》から金《きん》が出たことは知らぬはずはない。これはもう、切腹《せっぷく》さえ許《ゆる》されず、斬首《ざんしゅ》かもしれません。いずれにせよ、松川藩《まつかわはん》はお取りつぶしとなり、それで、こちらの御役目《おやくめ》もはたせるということで……。」

斬首《ざんしゅ》は切腹《せっぷく》よりずっと重い罰《ばつ》だ。

一郎兄《いちろうあに》が次郎兄《じろうあに》に言った。

「ごくろうだった。あとは、こちらでやる。」

「では。」

と言って、次郎兄《じろうあに》が立ちあがりかけたところで、小桜《こざくら》は言った。

「だけど、どういう理由で、だれがその荷物をしらべるの？ それに、商人が小判《こばん》を反物《たんもの》のなかに仕込《しこ》んで運んだって、贋金《にせがね》ってばれなければ、盗賊《とうぞく》にねらわれないように、反物《たんもの》に入れて運びましたって言えば、それですむでしょ。」

次郎兄《じろうあに》がすわりなおして、小桜《こざくら》に言った。

「もし、小判《こばん》が本物なら、そういう言いわけがとおるかもしれない。」

「材料も本物と同じで、作ったのも、金座《きんざ》の小判師《こばんし》なんだから、贋小判《にせこばん》だって、だれにもわからないんじゃないかしら。」

「それがわかるんだ。」

と言い、次郎兄《じろうあに》は一郎兄《いちろうあに》の顔に目をやった。

一郎兄《いちろうあに》が次郎兄《じろうあに》にかわって、小桜《こざくら》に答えた。

「小桜《こざくら》。おまえも知っているとおり、小判《こばん》には刻印《こくいん》が打たれている。刻印《こくいん》をつける道具は数もきまっているし、勘定奉行《かんじょうぶぎょう》のしらべがときどき入る。だから、持ち出せない。それで、本物の小判《こばん》から型をとって、贋《にせ》の道具を作り、それを使って、贋小判《にせこばん》に刻印《こくいん》を打つことになる。本物の刻印《こくいん》と贋物《にせもの》の刻印《こくいん》、ちょっと見ただけではわからぬが、よく吟味《ぎんみ》すれば、ほんの少し、ずれがある。」

「鍵《かぎ》を粘土《ねんど》で型取りをして作ったやつだと、錠前《じょうまえ》が開かないことがあるみたいに？」

小桜《こざくら》の問いに答えたのは次郎兄《じろうあに》だった。

「そうだ。しかも、刻印《こくいん》を打つ小判師《こばんし》は、松川藩《まつかわはん》に行った小判師《こばんし》のなかにはいない。刻印《こくいん》を打つとき、かりに本物の道具を使っても、人によって、くせが出る。刻印《こくいん》の深さやかたむきにな。そういうこともあるから、小判《こばん》に打たれた刻印《こくいん》をよくしらべれば、贋物《にせもの》だとわかってしまう。」

佐久次《さくじ》がつけたすように言った。

「しかも、できたばかりの贋小判《にせこばん》なら、このごろ金座《きんざ》で作った本物の小判《こばん》と見比《みくら》べて、ちがいがわかりやすいですしね。本物の刻印《こくいん》を打った小判師《こばんし》が見れば、すぐにわかりますよ。」

「だけど、商人が運んでいる小判《こばん》の刻印《こくいん》までくわしくしらべるのって、へんじゃない？」

小桜《こざくら》がそう言うと、次郎兄《じろうあに》は、

「それをへんではないようにするのは、おれのおつとめではない。兄上《あにうえ》のおつとめだ。」

と答えてから、一郎兄《いちろうあに》に言った。

「わたしの荷はここにおいていきます。松川藩《まつかわはん》の荷は、あすの夕刻《ゆうこく》には、内藤新宿《ないとうしんじゅく》から江《え》戸《ど》に入るはずです。これから、わたしは城《しろ》にまいり、父上にお目にかかりますが、何かつなぐことがありますでしょうか。」

「いや。」

一郎《いちろう》が小さく首をふると、次郎兄《じろうあに》は立ちあがった。

八段 ✿ 茶店《ちゃみせ》

次郎兄《じろうあに》が近江屋《おうみや》を出ていくと、一郎兄《いちろうあに》は店に行き、ふたりの手代《てだい》を使いに出した。江戸《えど》の町中にいる橘北家《たちばなほっけ》の忍《しの》びたちに、つなぎを出したのだ。そして、小桜《こざくら》に、

「丁稚《でっち》のかっこうで、店番だ。」

と言いつけた。

せっかく振袖《ふりそで》に着がえたばかりだったが、小桜《こざくら》は二階に行って、丁稚《でっち》のかっこうに着がえ、髪型《かみがた》をかえて店におりてきた。だが、そのときには、佐久次《さくじ》の姿《すがた》はなく、店には一郎《いちろう》兄《あに》しかいなかった。

商《あきな》いをしていると、みょうにいそがしいときがある。

次から次へと、薬の小売り人やら行商人、それから、ほかの問屋《とんや》の手代《てだい》まできて、

「もうしわけありませんが、桂皮《けいひ》をきらせてしまったので、いくらかお貸《か》しねがえませんでしょうか。」

などと言ってくるしまつだった。

薬問屋《くすりどんや》仲間のなかでは、よくそういうことがあって、薬の貸《か》し借《か》りはふつうのことだ。

小桜《こざくら》は一郎兄《いちろうあに》とふたりで、つぎつぎにやってくる客たちをさばいていたが、客のなかには知っている顔も何人かあった。その者たちは、薬の行商もするにはするが、それが本職《ほんしょく》ではない。江戸《えど》の町に住む橘北家《たちばなほっけ》の忍《しの》びたちだ。

そういう者たちは、ほかの客とちがい、もとめる薬を買って、おもてから出ていくということはなく、店に入ると、いつのまにかどこかにいなくなっている。

どこかとは、店の二階だ。だが、二階にあがったきり、階段《かいだん》をおりてくることはない。二階でしかるべきしたくをすると、押《お》し入《い》れでつながっている釜屋《かまや》の二階に行く。そして、釜屋《かまや》の出入り口からか、そうでなければ、釜屋《かまや》の小さな庭から出ていく。

そういう者たちに、小桜《こざくら》は気づかないふりをしていればいい。

日がだいぶかたむいたころ、市川桜花《いちかわおうか》がやってきた。

一郎兄《いちろうあに》はほかの客のあいてをしていた。

桜花《おうか》は店のあがりかまちに腰《こし》かけ、小桜《こざくら》に言った。

「丁稚《でっち》さん。役者がひとり風邪《かぜ》をひいて、困《こま》ってるんだ。のどが痛《いた》いそうでね。何かいい薬はないかい。」

小桜《こざくら》が風邪《かぜ》の薬をいくつか出してきて、

「これが……。」

と説明しようとすると、桜花《おうか》は言った。

「能書《のうが》きはいいよ。わかってるから。それ、ぜんぶいただいていく。お代はあとで、小屋の若《わか》い衆《しゅ》にとどけさせます。」

その声が耳に入ったのだろう。一郎《いちろう》がこちらを見て言った。

「いつも店の者がお世話になりっぱなしですから、代金はいりません。」

「そうはいきませんよ。あとでとどけさせます。」

桜花《おうか》は一郎兄《いちろうあに》にそう答えてから、小桜《こざくら》に小声で言った。

「商《あきな》いなんだからねえ、小桜《こざくら》さん。」

丁稚《でっち》のかっこうをしていても、それが小桜《こざくら》だということはわかっているのだ。

小桜《こざくら》はどう答えていいのかわからず、

「へえ……。」

と丁稚《でっち》言葉で答え、薬の紙袋《かみぶくろ》を桜花《おうか》にわたした。

桜花《おうか》はそれを縮緬《ちりめん》のきんちゃく袋《ぶくろ》に入れると、立ちあがって言った。

「なんだか、きょうはいそがしそうだねえ。それじゃあ、また。」

「毎度ありがとうございます。」

小桜《こざくら》がそう言うと、一郎兄《いちろうあに》も桜花《おうか》のうしろ姿《すがた》に声をかける。

「毎度ありがとうございます。ぜひまた……。」

一郎兄《いちろうあに》が言いおわらないうちに、桜花《おうか》はもう外に出ている。

夕刻《ゆうこく》にはまだだいぶ時間があったが、客がとだえたところで、一郎兄《いちろうあに》が言った。

「店を閉《し》めるぞ。」

一郎兄《いちろうあに》は店じまいの手ぎわがすごくいい。小桜《こざくら》が手つだうまでもなく、すっかり雨戸を閉《し》めてしまう。

「湯を一ぱい持ってきてくれ。」

一郎兄《いちろうあに》に言われ、小桜《こざくら》が台所から湯をくんでくると、奥座敷《おくざしき》で一郎兄《いちろうあに》が着がえている。

見る見るうちに、商家《しょうか》の旦那《だんな》がみすぼらしい浪人《ろうにん》にかわっていく。

うすぎたない着物に、色のつりあわない袴《はかま》。

髪型《かみがた》も武士《ぶし》のものにし、わざと少し乱《みだ》れさせる。

すっかり貧乏浪人《びんぼうろうにん》になってしまうと、一郎兄《いちろうあに》はあぐらをかいて、小桜《こざくら》が持ってきた湯を飲んだ。そして、

「さて……。」

と言って、前にすわった小桜《こざくら》の顔を見た。

「さて、どうする。おまえは留守番《るすばん》だ……と言っても、行先は内藤新宿《ないとうしんじゅく》とわかっているし、ここでおとなしく待ってはおるまい。」

それは当たっているが、

「そのとおり!」

とも言えず、小桜《こざくら》は、

「いえ……。」

とごまかした。

「では、さきに、内藤新宿《ないとうしんじゅく》から甲州《こうしゅう》街道に出るあたりに行っているがいい。半守《はんす》をつれてな。着物はあまり派手《はで》ではない町娘《まちむすめ》のもので。振袖《ふりそで》はいかん。刀はいらないが、万一のために、いつもの手裏剣《しゅりけん》は持っていけ。」

「わかりました。」

と答え、小桜《こざくら》はすぐに二階にあがって、したくをする。

さらしにまいた手裏剣《しゅりけん》をふところにしのばせるだけではなく、右足の脚絆《きゃはん》に五本のかんざしを仕込《しこ》む。着物は矢絣《やがすり》。

それから、下におり、庭に出て、赤い小さな下駄《げた》をはく。

「半守《はんす》。おつとめだよ。」

と、庭のすみですわっていた半守《はんす》に声をかける。

庭から路地に出て、それから一度、大通りに出て、そこを横切り、お堀《ほり》のほうにむかう。

お堀《ほり》ばたまできたら、右回りに城《しろ》をまわっていくと、右手にお堀《ほり》、左手にはりっぱな武《ぶ》家屋敷《けやしき》がつづく。

ただでさえ人通りの少ないそのあたりは、夕暮《ゆうぐ》れ近くになると、まるで人の姿《すがた》を見なくなる。

やがて、松林のむこうに、江戸城《えどじょう》の西ノ丸が見えてくる。

半蔵門《はんぞうもん》の前を左にまがると、今度は町屋になる。それからまた武家屋敷《ぶけやしき》がつづくと、あとはもう、とても江戸《えど》とは思えないいなかの道になってしまう。

それでも、内藤新宿《ないとうしんじゅく》は宿場だから、そこまで行けば、また町らしくなる。

にぎわう街をぬけて、内藤新宿《ないとうしんじゅく》の西のはずれまで行くと、丁字路《ていじろ》がある。

丁字路《ていじろ》を左にまがると、甲州《こうしゅう》街道。まっすぐ行けば、道は青梅《おうめ》につづいている。

丁字路《ていじろ》の角に茶店《ちゃみせ》があり、茶店《ちゃみせ》の赤い毛氈《もうせん》をしいた台に、浪人《ろうにん》がふたりすわっている。

ふたりとも、こちらに顔をむけてはいないが、佐久次《さくじ》と店の手代《てだい》だとわかる。

小桜《こざくら》は、となりの台に腰《こし》かけ、ちかくにいた店の老婆《ろうば》に、

「おばさん。お団子《だんご》とお茶をお願いします。」

と言う。

老婆《ろうば》は〈おばさん〉、中年の女なら〈おねえさん〉、あいてが芸者なら、どんなに年寄《としよ》りでも、〈ねえさん〉と呼《よ》ぶようにと、一郎兄《いちろうあに》から言われている。

「へいへい。」

としわがれ声で返事をし、老婆《ろうば》が団子《だんご》と茶を持ってくる。

茶をひとすすりして、団子《だんご》を食べていると、浪人姿《ろうにんすがた》の佐久次《さくじ》が立ちあがり、半守《はんす》の前にしゃがんだ。そして、いかにも犬好きがするように、半守《はんす》の首すじをなでながら、小声で言った。

「わたしたちが立ったら、百数え、それから立って、甲州《こうしゅう》街道を半里ほど……。」

それから、佐久次《さくじ》はもとの台にすわりなおした。

小桜《こざくら》が団子《だんご》を食べおわったころ、旅人がひとり、街道をやってきて、茶店《ちゃみせ》の前でわらじのひもをむすびなおした。

それは、ときどき店にくる薬の行商人で、じつは一郎兄《いちろうあに》の配下の忍《しの》びだ。

わらじのひもをなおすと、立ちあがり、もときたほうに早足で行ってしまった。

佐久次《さくじ》と手代《てだい》が立ちあがる。

小桜《こざくら》は、団子《だんご》と茶の代金をそこにおき、声に出さずに、数を数えはじめる。

「一、二、三……。」

佐久次《さくじ》と手代《てだい》が夕焼けの下、街道を歩いていく。

「五十七、五十八、五十九、六十……。」

そこまで数えたとき、浪人姿《ろうにんすがた》の一郎兄《いちろうあに》が茶店《ちゃみせ》の前をだまって通りすぎた。

小桜《こざくら》は老婆《ろうば》に声をかけた。

「ごちそうさま。お代はここに。」

それで五つ数えたことにして、六十五からまた数を数え、ちょうど百になって、立ちあがったとき、そばで街道のほうを見ていた半守《はんす》が街のほうにふりむいた。

つられて、小桜《こざくら》がふりむくと、男がひとり、こちらにやってくる。

夕暮《ゆうぐ》れでも物のよさがわかる羽織《はおり》に、着物は尻《しり》っぱしょり。やはり、尻《しり》っぱしょりだが、羽織《はおり》を着ていない男を五人ほどひきつれている。

仁王《におう》の雷蔵《らいぞう》だ。

百は数え終わっていたが、小桜《こざくら》は雷蔵《らいぞう》がそばにくるのを待った。

すぐ近くまでくると、雷蔵《らいぞう》は小桜《こざくら》に、

「おや、こんな時刻《じこく》に、近江屋《おうみや》のお嬢《じょう》さんがどうしたんで？」

などと言って、何をどこまで知っているのか、わからない。

「親分さんこそ。」

小桜《こざくら》がそう言うと、雷蔵《らいぞう》は、

「このさきで、追いはぎが出るって、たれこみがありやしてね。おっつけ、奉行所《ぶぎょうしょ》の捕《と》り方《かた》もやってきやすよ。見物なさるなら、けがをしねえようにしねえといけやせんって、そんな心配はいらないねえ。」

と言って、そのまま甲州《こうしゅう》街道を歩いていってしまった。

追いはぎって……。

どうも、なりゆき、というか、段取《だんど》りがわからないまま、小桜《こざくら》は半守《はんす》に、

「行くよ。」

と言って、雷蔵《らいぞう》たちのうしろから歩きだした。

九段 ✿ 捕《と》り物《もの》

仁王《におう》の雷蔵《らいぞう》と、その五人の子分のうしろを歩いていて、小桜《こざくら》は気づいた。

雷蔵《らいぞう》たちがわざとゆっくり歩いている。

空はしだいに暗くなり、月は出ていない。

まもなく、日はとっぷりと暮《く》れ、あかりのないいなか道は闇《やみ》同然となるだろう。

小桜《こざくら》は夜目がきくから、今はまだ空に残っているうっすらとしたあかりで、つまずくようなことはない。

玉砂利《たまじゃり》の上を歩いても足音をたてない半守《はんす》が、かわいた道に、シャッ、シャッと爪《つめ》の音をたてている。自分がついてきていることを足音で小桜《こざくら》に知らせているのだろう。

カン……。

ずっとさきのほうから、刀がぶつかりあう音が聞こえた。

雷蔵《らいぞう》たちが足を止めた。

子分のあいだをぬけて、小桜《こざくら》は前に出た。

雷蔵《らいぞう》が子分のひとりに命令する。

「引っかえして、川添様《かわぞえさま》に、そろそろだと伝えろ。」

「へい。」

と子分がもときた道を走り去っていく。

カン……。

また音がした。

音だけではなく、さきのほうで、火花が飛んだのが見えた。

雷蔵《らいぞう》が小桜《こざくら》に言った。

「あっしらの出番は、もすこしあとなんで、お嬢《じょう》さんはおさきにどうぞ。いそいで、ころばねえようにしてくだせえよ。」

小桜《こざくら》はだまって、音がしたほうにかけだした。

カン……。

火花がまた飛んだ。

暗がりに、ちらりと提灯《ちょうちん》の光が見えた。

その光をめざし、小桜《こざくら》は走った。

黒いかたまりのような物が見えた。

荷車だ。

提灯《ちょうちん》はその荷車のむこうにあり、荷車が右に左に動くたびに、あかりが見えたり、見えなくなったりする。

「狼藉者《ろうぜきもの》！」

だれかの声がした。

知らない声だ。

荷車をかこんで、何人もの男たちが戦っている。

「荷物をおいていけ。命だけは助けてやる。」

今度は知っている声だ。

それはふたりいる近江屋《おうみや》の手代《てだい》のひとりだ。

カン……。

また、火花が飛んだ。

あと何十歩かいけば荷車というところで、小桜《こざくら》は足を止めた。

荷車のまわりに武士《ぶし》が三人。どこかの家中の侍《さむらい》だろう。それから、車人夫《くるまにんぷ》がやはり三人。

まわりをかこんでいるのが十人ほど。みな、みすぼらしい武士《ぶし》のかっこうをしている。

それは、浪人《ろうにん》になっておちぶれた武士《ぶし》の一団《いちだん》が街道を通る荷車をおそっているという図だ。

浪人姿《ろうにんすがた》の佐久次《さくじ》がもう一度さけんだ。

「荷物をおいていけば、命は取らぬと言っているのだ。逃《に》げるなら、逃《に》げろ！」

三人の車人夫《くるまにんぷ》が、わっとむこうに走って逃《に》げる。

浪人《ろうにん》の盗賊《とうぞく》が十人。荷車を守る武士《ぶし》が三人。

小桜《こざくら》は十人の盗賊《とうぞく》にくわわりたいが、みな浪人姿《ろうにんすがた》なのに、そこに矢絣《やがすり》を着た商家《しょうか》の娘《むすめ》が加勢《かせい》するというのは、いかにもへんだ。

それに、橘北家《たちばなほっけ》の忍《しの》びが十人。あいては武士《ぶし》が三人。

これでは、はなから勝負にならない……、と、そう思ったとき、小桜《こざくら》は、これは妙《みょう》だと気づいた。

一郎兄《いちろうあに》や佐久次《さくじ》が本気を出せば、どちらかひとりでも、なまじの武士《ぶし》三人くらい、あっというまに斬《き》りたおしてしまうだろう。

カン……。

刀と刀がぶつかる……、などと、そんなことは起こらないはずだ。

あいての武士《ぶし》が上段《じょうだん》からふりおろしてくる刀の切っ先をかわし、すれちがいざまに胴《どう》をぬく。勝負は一瞬《いっしゅん》だろう。

とっくに、武士《ぶし》のしかばねが三つ、そこにころがっているはずなのに、忍《しの》びたちは武士《ぶし》たちに斬《き》りかかり、刀をあいての刀にぶつけるだけなのだ。

武士《ぶし》を殺さず、荷だけうばうのだとしても、いかにもやることが悠長《ゆうちょう》だ。

これでは、まるで歌舞伎《かぶき》の立ち回りではないか。

と、そう気づいたとき、ガタンと荷車が横にころがった。

浪人《ろうにん》たちがたおしたのだ。
荷のおおいの布《ぬの》がはずれ、積んでいた荷がごろごろところがる。
「何をする！」
武士《ぶし》がひとり、荷車を起こそうとしている。
そのとき、小桜《こざくら》のうしろのほうで、馬のひづめの音がした。
カッカッカッカッ……。
ふりむくと、いくつもの提灯《ちょうちん》がゆれている。
おおぜいが走ってくる音がする。
提灯《ちょうちん》がゆれながら、近づいてくる。
一頭の馬を先頭に、わっと横にひろがって、男たちが走ってくる。
徒歩の武士《ぶし》の手には、十手《じって》がにぎられている。
ほかに、提灯《ちょうちん》を持つ者もいれば、棒《ぼう》を持つ者もいる。
馬の横を走ってくるのは雷蔵《らいぞう》だろうか。
提灯《ちょうちん》の字が読めた。

御用
御用
御用
御用

〈御用《ごよう》〉と書いてある。

小桜《こざくら》は道ばたの木のうしろに身をかくした。

それを見て、半守《はんす》が荷車のほうに走っていった。

半守《はんす》がたおれた荷車の上に跳《と》びのった。

荷車のほんの二十歩ほど手前まできて、馬が両前脚《りょうまえあし》をあげ、いなないた。

「どう!」

乗っている武士《ぶし》が馬を止め、さっと十手《じって》をさしだして、叫《さけ》んだ。

「しずまれ! しずまれ! 北町奉行所《きたまちぶぎょうしょ》だ!」

十手《じって》の柄《え》のふさがゆれる。

馬でくるということは同心《どうしん》ではない。与力《よりき》だ。さっき、雷蔵《らいぞう》が〈川添様《かわぞえさま》〉と言っていた男にちがいない。

つづいて、雷蔵《らいぞう》のどなり声。

「御用《ごよう》だ! 神妙《しんみょう》にしろ!」

十人の浪人《ろうにん》のうちのひとりが、筒型《つつがた》の荷をひとつ、地面からひろい、それをひょいと上に投げたかと思うと、落ちてくるところを斬《き》りあげた。
ふたつにわれた筒《つつ》から何かが飛びだした。
「な、何をする！」
荷車を守っていた武士《ぶし》が飛びだしたものをひろう。
浪人姿《ろうにんすがた》のほかの忍《しの》びたちが同じように、筒《つつ》をひろっては、それを斬《き》る。
何かが中から飛びちる。
そのうちのひとつが、花火のようにひろがった。
御用提灯《ごようちょうちん》の光を受けて、キラキラと宙《ちゅう》を舞《ま》う。
小判《こばん》だ！
浪人姿《ろうにんすがた》の忍《しの》びのひとりが小判《こばん》を一枚《まい》ひろいあげ、
「なんだ、これは！　話がちがうぞ！　これは贋金《にせがね》ではないか！」
と叫《さけ》んだ。
まるで、本物の小判《こばん》を運ぶことをだれかから聞いて、おそいにきたとでもいうふうだ。
それは、近江屋《おうみや》の、さっきの手代《てだい》とは別の、もうひとりの手代《てだい》だ。

「なにぃ……！」

いかにもおどろいたように、佐久次《さくじ》が小判《こばん》をひろい、

「たしかに、刻印《こくいん》がおかしい。だまされた！　引け。引けぃ！」

とわめき、刀を鞘《さや》におさめると、車人夫《くるまにんぷ》が逃《に》げていったほうに、走り去った。

さすがに歌舞伎好《かぶきず》きだけあって、佐久次《さくじ》は手代《てだい》より、せりふの言いまわしがうまい。

「追え！」

騎馬《きば》の武士《ぶし》が声をあげると、たすきがけをした徒歩の武士《ぶし》数人と、提灯《ちょうちん》や棒《ぼう》を持った奉《ぶ》行所《ぎょうしょ》の下働きが追っていく。

雷蔵《らいぞう》はそこに残り、小判《こばん》をひろうと、騎馬《きば》の武士《ぶし》にさしだした。

武士《ぶし》は十手《じって》を帯にさし、雷蔵《らいぞう》から小判《こばん》を受けとった。そして、馬から降《お》りると、近くの者に命じた。

「あかりを！」

提灯《ちょうちん》がさしだされる。

「あの者たちは、これを贋小判《にせこばん》ともうしておったな。」

武士《ぶし》はひとりごとのようにそう言った。それから、そこで我《われ》を失い、呆然《ぼうぜん》としている三人の武士《ぶし》に、

「そこもとらは、いずれの御家中《ごかちゅう》か。拙者《せっしゃ》、江戸北町奉行所与力《えどきたまちぶぎょうしょよりき》、川添幸介《かわぞえこうすけ》ともうす。」

と声高《こわだか》に言った。

三人の武士《ぶし》たちは、刀を手にしたまま、ぐっと身を引いた。

自分たちがだれであるか、甲州街道《こうしゅうかいどう》をここまでのぼってきた跡《あと》をしらべられれば、すぐにわかってしまうだろう。それだけではない。小判《こばん》を反物《たんもの》に仕込《しこ》んで運んできたのは、用心のためだといつわれても、盗賊《とうぞく》のひとりは、それが贋小判《にせこばん》だなどと、よけいなことを言ってしまった。奉行所《ぶぎょうしょ》の者なら、そう聞いた以上、小判《こばん》が本物か贋金《にせがね》かしらべるだろう。

三人の武士《ぶし》たちはそう思ったにちがいなかった。

三人のうちひとりは五十ほどだろう。あとのふたりはまだ若者《わかもの》だ。二十代か、せいぜい三十そこそこだ。

荷車をおそった側ではなく、おそわれたほうでもあり、武士《ぶし》であるから、藩名《はんめい》をつげれば、奉行所《ぶぎょうしょ》につれていかれることはないだろう。だが、今、藩名《はんめい》を言わなければ、浪人《ろうにん》と

いうことになり、奉行所《ぶぎょうしょ》につれていかれるかもしれない。どちらにしても、いずれは、荷がだれのものかわかってしまうにちがいない。

おそらくそう考えて、観念したのだろう。

一番年上の武士《ぶし》がいきなり地面にあぐらをかくようなかっこうですわった。そして、手の刀をわきにおくと、着物の前をはだけた。

「な、何を……。」

と、奉行所《ぶぎょうしょ》の与力《よりき》がかけよろうとしたとき、武士《ぶし》は脇差《わきざし》をぬき、

「もはやこれまで。御免《ごめん》!」

と言うなり、脇差《わきざし》を両手で自分の腹《はら》につきさした。

あっというまもあらばこそ、ほかのふたりの武士《ぶし》も同じことをした。

木のかげからそれを見ていた小桜《こざくら》の口から、おもわず言葉がもれた。

「せ、切腹《せっぷく》……。」

切腹《せっぷく》など、話には聞くが、見るのははじめてだ。

三人の武士《ぶし》たちが前かがみになって、体をふるわせているのをじっと見ていると、小桜《こざくら》

のうしろで、だれかが言った。

「娘《むすめ》の見るものじゃない。」

それは女の声だった。

いや、女の声とは言えないかもしれない。

ふりむくと、そこに市川桜花《いちかわおうか》が立っていた。

桜花《おうか》は小桜《こざくら》の手を持つと、

「さあ、行きましょう。」

と言った。

桜花《おうか》に手をひかれ、しばらく林のなかを歩き、やがて道に出た。

内藤新宿《ないとうしんじゅく》の茶店《ちゃみせ》の前までもどってくると、茶店《ちゃみせ》はまだ開いていた。

桜花《おうか》は小桜《こざくら》を台にすわらせ、店の老婆《ろうば》に、

「お茶を。」

と言った。

すぐに老婆《ろうば》が茶を持ってくる。

その茶をひと口飲んだところで、ようやく声が出た。

「あんなの、はじめて……。」

桜花《おうか》は小桜《こざくら》のとなりにすわり、だまってうなずいた。

ふと、甲州《こうしゅう》街道のさきを見ると、暗い道を半守《はんす》がもどってくるのが見えた。

口に何かをくわえている。

反物《たんもの》、いや、小判《こばん》を仕込《しこ》んだ筒《つつ》にちがいない。

「守役《もりやく》さんがきたようだから、これでわたしは。」

桜花《おうか》はそう言うと、立ちあがって、茶代の小銭《こぜに》を台においた。

まだ宵《よい》の口《くち》だ。

内藤新宿《ないとうしんじゅく》の街はにぎわっている。

ついここから半里もいかないあたりで、荷車がおそわれ、三人の武士《ぶし》が切腹《せっぷく》したとは、言われなければ、わかるまい。いや、言われても、信じないかもしれない。

内藤新宿《ないとうしんじゅく》の街のにぎわいに桜花《おうか》が消えると、半守《はんす》が小桜《こざくら》のそばにきて、口にくわえているものを茶店《ちゃみせ》の台においた。

荷車の荷をひとつ、証拠《しょうこ》として、くすねてきたのだろう。

「あれは人ではない。」

半守《はんす》が、桜花《おうか》が去っていったほうを見ながら、そうつぶやいたような気がした。

いや、たしかに、そうつぶやいた。

十段✿鉄《てつ》瓶《びん》の湯《ゆ》気《げ》

どういうときでも、どの道を通って行き、どの道で帰ってくるかということは、忍《しの》びにとってだいじなことだ。なぜなら、その道すがら、何があったか、だれがいたか、と、そういうことが、あとになって大きな意味を持つことがしばしばだからだ。

それなのに、小桜《こざくら》はどの道をどう通って近江屋《おうみや》に帰ってきたのか、よくおぼえていなかった。

目の前に半守《はんす》がいて、ときどき、こちらをふりむいたこと。そして、半守《はんす》のうしろをついて、歩いてきたことはおぼえている。

すっかり夜になっていて、近江屋《おうみや》に帰ったときには、一郎兄《いちろうあに》も佐久次《さくじ》ももどっていた。ふたりの手代《てだい》も店にいたような気がする。

店の板の間《いたま》にへたりこんでいると、釜屋《かまや》の親父《おやじ》が椀《わん》に入れた汁《しる》を持ってきてくれた。それをすすったことは思い出せるが、もちろん、汁《しる》の具が何だったのか、おぼえていない。

二階の座敷《ざしき》に佐久次《さくじ》が敷《し》いてくれたふとんに横になったところで、記憶《きおく》がとだえた。

味噌汁《みそしる》の具が何であったかなど、ふつうの町民なら、どうでもよいことかもしれない。しかし、忍《しの》びにとっては、そうではない。

おつとめをしていて、外様大名《とざまだいみょう》の領地《りょうち》にいれば、食べたものに毒が仕込《しこ》まれていることがある。何を食べたかをおぼえていなければ、どこで、どのように毒をもられたかもわからなくなる。

近江屋《おうみや》にもどってきたとき、小桜《こざくら》はふぬけたようになっていたのだ。

朝になり、目をさましたのは、だいぶ遅《おそ》くなってからだった。

店はとっくにはじまっていた。

「毎度ありがとうございます。」

という手代《てだい》の声がどこかから聞こえてきて、それで目がさめたのだ。

雨戸は開いており、障子《しょうじ》ごしの光で、座敷《ざしき》は明るい。

枕元《まくらもと》で、一郎兄《いちろうあに》が正座《せいざ》していた。

小桜《こざくら》が目をさますと、一郎兄《いちろうあに》は小桜《こざくら》の顔をのぞきこんで言った。

「だいじょうぶか。」

小桜《こざくら》は体を起こした。

炭のにおいがした。

一郎兄《いちろうあに》のそばに、火鉢《ひばち》がおかれ、鉄瓶《てつびん》の口から白い湯気《ゆげ》が立っている。

「あそこで腹《はら》を切るとは、おれも思わなかった。」

一郎兄《いちろうあに》はそう言って、腕《うで》をくんだ。

「おれはこれまで、何人も人を殺《あや》めている。だが、切腹《せっぷく》を見たのは……。」

そこまで言うと、一郎兄《いちろうあに》は目をつぶり、

「二度、いや、きのうのをふくめると、三度だ。」

と言った。

それから一郎兄《いちろうあに》は目を開け、かすかなため息をついてから言った。

「おれたちのおつとめは、外様大名《とざまだいみょう》を取りつぶすための証拠《しょうこ》をつかむことだ。だから、外《と》様《ざま》大名《だいみょう》の領地《りょうち》のお召《め》しあげを目的としている。それには、大名《だいみょう》の切腹《せっぷく》がついてくる。大名《だいみょう》を切腹《せっぷく》させることが、おれたちのおつとめだと言ってもいい。だが、さいわいにも、大名《だいみょう》が切腹《せっぷく》する場には、おらずともいい。大名《だいみょう》が切腹《せっぷく》するたびに、忍《しの》びがそこに呼《よ》ばれることはない。」

そこで一郎兄《いちろうあに》はだまった。

火鉢《ひばち》の炭がはじけた。

小桜《こざくら》は火鉢《ひばち》に目をやって、つぶやいた。

「わたし、はじめてだったから、びっくりしちゃって……。」

「はじめてでなくとも、あそこで切腹《せっぷく》をされたら、だれでも驚《おどろ》く。おれも驚《おどろ》いた。驚《おどろ》くと同時に、しまったと思った。仏作《ほとけつく》って魂《たましい》入れず、とはあのことだ。しっかり仕込《しこ》んだことが、あれでは台なしだ。切腹《せっぷく》したのは、松川藩筆頭家老《まつかわはんひっとうがろう》の相田祐森《あいだひろもり》とふたりの藩士《はんし》だった。生かせておき、隠《かく》し金山《きんざん》と贋小判《にせこばん》作りを白状《はくじょう》させるのがいちばんだったのだがな。」

小桜《こざくら》は火鉢《ひばち》から一郎兄《いちろうあに》の顔に目をうつして言った。

「金山《きんざん》の場所や贋小判《にせこばん》作りのことは、次郎兄上《じろうあにうえ》がすっかりしらべあげているんでしょ。

だったら、今さら何か白状《はくじょう》させたって、新しいことがわかるわけじゃないんじゃないかしら。」

「それはちがう。こちらとしては、ほとんど全部わかっていても、おもてむきは何も知らないことになっている。おれたちのような幕府《ばくふ》の隠密《おんみつ》が外様大名《とざまだいみょう》の領地《りょうち》に入り、あれこれしらべているなどということは、ないことなのだ。」

「でも、外様大名《とざまだいみょう》たちだって、隠密《おんみつ》が自分たちの領地《りょうち》に入りこんでいることくらい知っているんじゃないかしら。」

「むろん、ある程度《ていど》はわかっているだろう。わかっていても知らないふりをし、幕府《ばくふ》としても、隠密《おんみつ》など入りこませていないふりをする。だから、おれたちが外様大名《とざまだいみょう》の領地《りょうち》で殺されても、むこうは、隠密《おんみつ》を殺したことを幕府《ばくふ》に知らせない。言葉をかえて言えば、幕府《ばくふ》の隠密《おんみつ》は見つけしだい、斬《き》っていいということだ。隠密《おんみつ》などいない。いない隠密《おんみつ》は殺せない。だから、問題は起こらないということだ。贋小判《にせこばん》のことが露見《ろけん》するのは、あくまでも、盗賊《とうぞく》が松川藩《まつかわはん》の荷をおそったことがきっかけで、あとは松川藩《まつかわはん》の家老《かろう》がいろいろなことを白状《はくじょう》したという形がいいのだ。」

「じゃあ、あの三人の武士《ぶし》たちが死んでしまったから、もう、贋小判《にせこばん》作りはなかったことになるのかしら。」

「そんなことはない。金山《きんざん》で金《きん》を掘《ほ》っていた者のなかには、松川藩《まつかわはん》の百姓《ひゃくしょう》もいるはずだ。そういう百姓《ひゃくしょう》が金山《きんざん》をぬけだし、江戸《えど》に逃《に》げてきて、幕府《ばくふ》に直訴《じきそ》するということも、なくはないだろう。『とらえられて、無理やり働かされています。』とかなんとか言ってな。」

江戸《えど》に近い藩《はん》の領民《りょうみん》が逃《に》げだして、江戸《えど》にやってくるのは、そんなにむずかしいことではないかもしれない。だが、金山《きんざん》で働いている者が見張《みは》りの目をくぐって、通行手形もないのに、江戸《えど》までたどりつくのはむずかしい。つまり、一郎兄《いちろうあに》が言っているのは、金山《きんざん》で働いている者を江戸《えど》につれてきて、その者に白状《はくじょう》させればいいということだろう。

「それも、もう仕込《しこ》んであるの？」

仕込《しこ》みというのは段取《だんど》りのことだ。

小桜《こざくら》の問いに、一郎兄《いちろうあに》は、あたりまえのことのように答えた。

「それはまだだ。だが、そんなことはきょうにでもできる。」

「きょうって、いくらなんだって、どうやって信州《しんしゅう》からそういう百姓《ひゃくしょう》をつれてくるの？」

「そんな百姓《ひゃくしょう》はうちにもいる。」

「うちにもって……。」

と言ってから、小桜《こざくら》は自分で気づいた。

たとえば、近江屋《おうみや》の手代《てだい》でもいいし、江戸《えど》にいる橘北家《たちばなほっけ》の忍《しの》びならだれでもいい。忍《しの》びに松川藩《まつかわはん》の百姓《ひゃくしょう》のふりをさせ、幕府《ばくふ》に直訴《じきそ》させればすむことではないか。

あの手がだめなら、この手ということだ。

そもそも、今度のおつとめの段取《だんど》りについては、小桜《こざくら》は聞かされてはいない。だが、きのうのようすで見当はつく。それでも、いちおう確《たし》かめてみようと、小桜《こざくら》はきいてみた。

「兄上《あにうえ》たちが盗賊《とうぞく》のふりをして、松川藩《まつかわはん》の荷をおそうってことは、雷蔵《らいぞう》親分に知らせてあったんでしょ。」

一郎兄《いちろうあに》は答えた。

「いや、おれたちがおそうとは言ってない。ただ、内藤新宿《ないとうしんじゅく》のあの場所で、あの時刻《じこく》に、盗賊《とうぞく》が荷車をおそうということは教えた。」

「雷蔵《らいぞう》親分、なんで、こっちがそんなことを知っているのかって、きいてこなかった？」

「いいや。」

「そうよね。きかなくたって、盗賊《とうぞく》が兄上《あにうえ》たちだっていうことも、わかってるのよね。」

これには一郎兄《いちろうあに》は答えず、

「たとえ盗賊《とうぞく》は取《と》り逃《に》がしても、荷をうばわれなかったというだけでも、雷蔵《らいぞう》の手柄《てがら》になる。いや、盗賊《とうぞく》を逃《に》がしたことについては、あの場合、すでに雷蔵《らいぞう》の咎《とが》ではなく、奉行所《ぶぎょうしょ》の与力《よりき》の責任《せきにん》ということになる。」

と言った。

「じゃあ、あの与力《よりき》は、お咎《とが》めを受けるの?」

「さあ、どうかな。荷はうばわれていないからな……。」

とそこまで言って、一郎兄《いちろうあに》は言葉をとぎらせた。

店から佐久次《さくじ》の声が聞こえてきた。

「いらっしゃいませ。このあいだの、黄龍精《こうりゅうせい》、評判《ひょうばん》はいかがでしたか?」

黄龍精《こうりゅうせい》というのは、このごろ近江屋《おうみや》で売り出している精力薬《せいりょくやく》だ。

「それそれ、それですよ。あれはたいした評判《ひょうばん》で、きょうも……。」

たぶん、薬の行商人だろう。店の客がそこまで言ったとき、一郎兄《いちろうあに》はふたたび口を開いた。

「あの荷は奉行所《ぶぎょうしょ》がおさえることになる。持ち主と思われる三人の武士《ぶし》は死んでしまっているし、死んでいなくとも、あのようなさわぎになれば、当然、荷はしらべられる。いったんは奉行所《ぶぎょうしょ》に運ばれることになるのだ。だからこそ、三人の武士《ぶし》はあそこで腹《はら》を切ったのだ。もはやこれまでと悟《さと》ったのだろう。しかし、反物《たんもの》のなかに仕込《しこ》まれた小判《こばん》が怪《あや》しくないわけがない。荷が江戸《えど》にとどく経路《けいろ》まで、奉行所《ぶぎょうしょ》は徹底的《てっていてき》にしらべるだろう。しかも、小判《こばん》が本物かどうかもな。」

「徹底的《てっていてき》にって、もしかしたら、奉行所《ぶぎょうしょ》は、とおりいっぺんのお取りしらべしかしなくて、荷がどこの藩《はん》のものかわからず、小判《こばん》が贋金《にせがね》だとも気づかず、切腹《せっぷく》した武士《ぶし》がどこの藩士《はんし》かもわからずじまいってことだって、あるかもしれない。」

小桜《こざくら》がそう言うと、一郎兄《いちろうあに》は首をふった。

「八王子《はちおうじ》あたりの代官屋敷《だいかんやしき》のいなか役人なら、そんなことになるかもしれない。そんなことにならないように、甲州《こうしゅう》街道でも、襲撃《しゅうげき》しやすく、しかも、江戸《えど》の町奉行所《まちぶぎょうしょ》の支配《しはい》のおよぶ場所にしたのだ。内藤新宿《ないとうしんじゅく》とその近辺は江戸御府内《えどごふない》、つまり、町奉行所御支配《まちぶぎょうしょごしはい》の内だ。だから、徹底的《てっていてき》にしらべさせることができる。なんなら、松川藩《まつかわはん》の百姓《ひゃくしょう》の直訴《じきそ》があったということで、北町奉行《きたまちぶぎょう》に、何かを少し知らせてやるという手もある。しらべやすいようにな。その上で、荷について、それから死んだ武士《ぶし》たちについて、知りうるかぎりのことはしっかりしらべあげるようにと、北町奉行所《きたまちぶぎょうしょ》にお達しがいくはずだ。」

「お達しって？」

「御側御用人《おそばごようにん》、酒井左衛門尉様《さかいさえもんのじょうさま》が御老中《ごろうじゅう》のどなたかに、『内藤新宿《ないとうしんじゅく》で奇妙《きみょう》なことがあったようでございますな。』と耳打ちするなり、世間話のついでに言えば、奉行所《ぶぎょうしょ》が荷車の人夫の母親の名前までしらべあげることになる。」

「じゃあ、逃《に》げた人夫もつかまって、取りしらべを受けるの？」

「まあ、そういうことになろうが、人夫たちは荷が反物《たんもの》と思いこんでいただろうから、咎《とが》めを受けることはあるまい。」

「それならいいけど……。」

小桜《こざくら》はため息をついて、話をかえた。

「雷蔵《らいぞう》親分は、ご褒美《ほうび》をいただけるかしら。」

「それはそうだろう。下手人《げしゅにん》はのがしたが、荷がうばわれることはふせいだのだからな。」

「だけど、荷がおそわれるってことをだれから聞いたんだって、雷蔵《らいぞう》親分、お奉行様《ぶぎょうさま》からきかれたりしないのかな。」

「そりゃあ、きかれるだろう。だが、近江屋《おうみや》から聞いたとは言わない。どこかの博打場《ばくちば》で、流れ者が話しているのを耳にしたとかなんとか言うだろう。」

流れ者が話しているのを岡《おか》っ引《ぴ》きが耳にし、それを岡《おか》っ引《ぴ》きが奉行所《ぶぎょうしょ》の役人に知らせる。そこで、役人が出むいていくと、盗賊《とうぞく》が荷をおそっている。盗賊《とうぞく》は逃亡《とうぼう》し、荷のそばにいた武士《ぶし》が三人切腹《せっぷく》して果て、人夫は逃《に》げた……。そこで、よくよくしらべると、荷は松川《まつかわ》藩《はん》のもので、切腹《せっぷく》した武士《ぶし》は松川藩士《まつかわはんし》。そして、荷はよくできた贋小判《にせこばん》……。松川藩主《まつかわはんしゅ》、水科治部少輔元照《みずしなじぶしょうもとてる》は切腹《せっぷく》。松川藩《まつかわはん》はお取りつぶし……、というのが筋書《すじが》きなのだ。

小桜《こざくら》が納得《なっとく》して、だまっていると、一郎兄《いちろうあに》が言った。

「小桜《こざくら》。くのいちには、ふたとおりの生き方があるのだ。おれたち男の忍《しの》びにまじって、おつとめをするのがひとつ。もうひとつは、どこかの武家《ぶけ》の娘《むすめ》ということにして、たとえば、いったん左衛門尉様《さえもんのじょうさま》の養女になり、それから、大名《だいみょう》の奥方《おくがた》とはいかずとも、家老《かろう》の跡《あと》取《と》りの嫁《よめ》になる。そして、その藩《はん》のなかのようすを逐一《ちくいち》おれたちに知らせるという生き方。そちらがよければ、それでもいい。そうすれば、命の危険《きけん》も少ないし、切腹《せっぷく》など見ないですむだろう。」

小桜《こざくら》は鉄瓶《てつびん》の湯気《ゆげ》を目で追いながら、答えた。

「いいえ。今のままがいいです。だって、もし、わたしが兄上《あにうえ》に知らせたことがもとで、お嫁入《よめい》りしたさきのだれかが切腹《せっぷく》することになるなんて、がまんができないもの。」

「そうだな……。」

一郎兄《いちろうあに》はそうつぶやくと、立ちあがり、階段《かいだん》をおりていった。

鉄瓶《てつびん》の口から出た湯気《ゆげ》が一尺《しゃく》ほどあがったところで、うすくなって消えていく。

参勤《さんきん》の行列をあでやかに仕立てて、江戸《えど》にのぼってきても、外様大名《とざまだいみょう》の命なんて、鉄瓶《てつびん》からあがる白い湯気《ゆげ》のように、はかない……。

小桜《こざくら》はそう思わずにはいられなかった。

十一段✿筋書《すじが》き

松川藩《まつかわはん》の三人の武士《ぶし》の切腹《せっぷく》を目撃《もくげき》してしまったことで、小桜《こざくら》は心に大きな衝撃《しょうげき》を受けてしまったかもしれない……。

一郎兄《いちろうあに》はそう思ったようだった。

呉服屋《ごふくや》の相模屋《さがみや》の番頭《ばんとう》を店に呼《よ》び、まだ三月だというのに、秋物の反物《たんもの》を持ってこさせたり、佐久次《さくじ》に言って、いっしょに歌舞伎《かぶき》に行かせたりした。

夜、小桜《こざくら》はよくひとりで忍《しの》びの術《じゅつ》の稽古《けいこ》に出かける。

忍《しの》びの黒装束《くろしょうぞく》で、大名屋敷《だいみょうやしき》の庭に行き、木にのぼったり、枝《えだ》から枝《えだ》に跳《と》びうつったり、手裏剣《しゅりけん》の練習をしたり、そのようなことをするのだ。

それくらいなら、べつに寺や神社ですればよいのだが、寺や神社では、見つかっても、どうということはない。住職《じゅうしょく》や神主《かんぬし》が斬《き》りかかってきたり、矢をはなってくることはない。だが、それでは心に張《は》りが出ない。

なにしろ忍《しの》びの稽古《けいこ》なのだ。見つかったら、あぶないことになるという、そういうところでしてこそ、稽古《けいこ》になる。

とはいえ、もし見つかって、とらえられたとき、そこが外様大名《とざまだいみょう》の屋敷《やしき》なら、問答無用で斬《き》りすてられるか、幕府《ばくふ》の御庭役《おにわやく》だなどということがわかってしまえば、自分だけではなく、父や兄たちにもわざわいがおよぶ。親藩《しんぱん》や譜代《ふだい》の大名《だいみょう》なら、もしとらえられても、酒井左衛門尉様《さかいさえもんのじょうさま》からの使いだと言えば、なんとかなる。

そのへんのかねあいで、稽古《けいこ》をするなら、親藩《しんぱん》や譜代《ふだい》の大名《だいみょう》の屋敷《やしき》がいい。

それに、外様《とざま》でも、伊達《だて》や島津《しまづ》や前田《まえだ》といった大大名《だいだいみょう》の屋敷《やしき》ならともかく、幕府《ばくふ》が取りつぶしをねらう十万石《ごく》以下の小大名《しょうだいみょう》の屋敷《やしき》はせまく、稽古《けいこ》にふさわしくない……だけではなく、庭もあまり豪華《ごうか》ではなく、美しくない。

小桜《こざくら》は月の光を受けてかがやく白い玉砂利《たまじゃり》や、鯉《こい》がはねて、水面《みなも》が波立つ大きな池が好きなのだ。池にうつる月の姿《すがた》は、いつ見ても、うっとりする。

というわけで、小桜《こざくら》は夜の稽古《けいこ》をたいていは譜代《ふだい》や親藩《しんぱん》の大名屋敷《だいみょうやしき》の庭ときめている。反物《たんもの》を見たり、歌舞伎《かぶき》に行ったり、なにより、夜の稽古《けいこ》をしたりするうちに、小桜《こざくら》はだんだん気持ちが晴れてきた。

忍《しの》びの生きかたとして、どこかの大名《だいみょう》の家老《かろう》のうちに嫁入《よめい》りするなんて、そんなことは、はじめから、なにがなんでもいやだ。

一郎兄《いちろうあに》には、

「わたしが兄上《あにうえ》に知らせたことがもとで、お嫁入《よめい》りしたさきのだれかが切腹《せっぷく》することになるなんて、がまんができないもの。」

などと、かわいらしいことを言い、それもまた事実なのだが、いやな理由はほかにもある。

小桜《こざくら》は江戸《えど》をはなれるのがいやなのだ。

まだ、京や大坂ならいい。

いなかの、せいぜい数万石《ごく》という大名《だいみょう》の領地《りょうち》なんか、おつとめで行くならともかく、住むためにいくなんて、ぜったいいやだ！

橘北家《たちばなほっけ》に生まれた以上、忍《しの》びとして生きていくしかない。それなら、武士《ぶし》が切腹《せっぷく》するところを見たくらいで、おろおろしていては話にならないのだ。

それに、いろいろ事情《じじょう》はあったのかもしれないが、金山《きんざん》のことをかくし、金座《きんざ》から小判《こばん》師《し》を呼《よ》び、贋小判《にせこばん》作りをさせるなど、御法度《ごはっと》中の御法度《ごはっと》で、幕府《ばくふ》に対する謀反《むほん》なのだ。大《だい》名《みょう》であろうが、その家来のまた家来であろうが、武士《ぶし》と名がつく以上、謀反《むほん》はぜったいにいけない。忠義《ちゅうぎ》が武士《ぶし》のつとめだ。それがいやなら、武士《ぶし》をやめるしかない。大名《だいみょう》と言っても、またそれが親藩《しんぱん》譜代《ふだい》であろうと、外様《とざま》であろうと、将軍《しょうぐん》の家臣なのだ。松川藩《まつかわはん》の死んだ家老《かろう》は、直接《ちょくせつ》の主人の水科《みずしな》治部少輔《じぶしょう》に忠義《ちゅうぎ》をつくしたつもりかもしれないが、水科《みずしな》治《じ》部少輔《ぶしょう》の主人である将軍徳川綱吉《しょうぐんとくがわつなよし》に対しては、大謀反人《むほんにん》なのだ。

いや、あの家老《かろう》は治部少輔《じぶしょう》に対しても、ほんとうに忠義者《ちゅうぎもの》だったとは言えない。

そもそも金山《きんざん》が見つかったときに、それを幕府《ばくふ》に知らせるよう、主人の治部少輔《じぶしょう》に進言すべきだったのだ。幕府《ばくふ》にかくそうと言いだしたのが、主人なのか家老《かろう》なのか、それはわからないが、もし露見《ろけん》すれば、治部少輔《じぶしょう》は領地没収《りょうちぼっしゅう》の上、切腹《せっぷく》だ。家老《かろう》がそんなあぶないことを藩主《はんしゅ》にすすめたとしたら、とんでもない不忠義《ふちゅうぎ》だし、また、たとえ言いだしたのが藩主《はんしゅ》だったとしても何がなんでもそれをやめさせるのが忠義《ちゅうぎ》というものだ。

だいたい、金山《きんざん》など、見つからなければ、ないも同然なのだから、そんなものをあてにせず、藩《はん》の財政《ざいせい》を立て直すのが家老《かろう》の役目ではないか！

そんなふうに考えていくうちに、小桜《こざくら》は死んだ三人の武士《ぶし》に対して、怒《いか》りがこみあげてきて、それと同時に、心身ともに元気を取りもどしていった。

そんなある朝、城《しろ》の屋敷《やしき》からつなぎがきて、一郎兄《いちろうあに》が出かけていった。そして、昼過《ひるす》ぎにもどってくると、店をふたりの手代《てだい》にまかせ、佐久次《さくじ》と小桜《こざくら》を座敷《ざしき》に呼《よ》んだ。

一郎兄《いちろうあに》は床《とこ》の間《ま》を背《せ》にしてすわり、ふたりを自分の前にすわらせると、まず、こう言った。

「昨夜遅《おそ》く、酒井左衛門尉様《さかいさえもんのじょうさま》が屋敷《やしき》にお見えになり、父上に話されたそうだ。松川藩《まつかわはん》の取りつぶしはなくなった。」

小桜《こざくら》はびっくりして、おもわず、

「えっ！」

と声をあげてしまった。

佐久次《さくじ》の顔を見れば、さして驚《おどろ》いたようすもない。

「さようでございますか。」

と言っただけだった。

「どうして？」

と身をのりだした小桜《こざくら》に、一郎兄《いちろうあに》は答えた。

「松川藩《まつかわはん》の家老《かろう》たちが生きていれば、奉行所《ぶぎょうしょ》もあれこれ問いただし、そのうちにあちらこちらに話がひろまり、だれであろうと、事の成り行きをかくしてしまうことはできなかっただろう。しかし、死んでしまえば、死人に口なし。あの三人は身元のわからぬ浪人《ろうにん》で、どこかから金《きん》を盗《ぬす》んで、江戸《えど》に運ぶとちゅうだった。ところが、なかまわれがあり、内藤《ないとう》新宿付近《しんじゅく》で、もとのなかまにおそわれた……、と、そういう筋書《すじが》きになった。」

「筋書《すじがき》きになったって、それ、どういうこと？　あの三人が松川藩《まつかわはん》の藩士《はんし》だってこと、奉《ぶ》行所《ぎょうしょ》はわからなかったの？　それに、小判《こばん》だって、贋金《にせがね》じゃない！　それもしらべなかったっていうことなの！」

おもわず語調がきつくなった小桜《こざくら》をなだめるように、一郎兄《いちろうあに》は、

「まあ、そういきりたつな。ときどき、こういうことが起こるのだ。終わってしまえば、

やはりあの家老《かろう》は忠義者《ちゅうぎもの》ということになるな。」

と言ってから、言葉をつづけた。

「もちろん、老中《ろうじゅう》から達しもあったし、奉行所《ぶぎょうしょ》は三人の武士《ぶし》が松川藩《まつかわはん》の者であり、小判《こばん》も贋小判《にせこばん》だとわかっている。しかし、三人が死んでいる以上、今も言ったが、死人に口なしで、話はどうとでも変えられるのだ。いや、変えやすくなると言ったほうがいい。酒井左《さかいさ》衛門尉様《えもんのじょうさま》は憮然《ぶぜん》とされていたそうだが、幕閣《ばっかく》は、そういうことにしたいのだ。」

「どうして?」

「ことがすべて明るみに出れば、小判師《こばんし》を松川藩《まつかわはん》に貸《か》していた御金改役《ごきんあらためやく》後藤庄三郎《ごとうしょうざぶろう》は切腹《せっぷく》どころか、斬首《ざんしゅ》だ。」

「だって、贋小判《にせこばん》作りに力を貸《か》したんだから、しょうがないわ。」

「そうだな。ところで、金座《きんざ》はだれの支配下《しはいか》かというと、勘定奉行《かんじょうぶぎょう》だ。金座《きんざ》に落ち度があれば、勘定奉行《かんじょうぶぎょう》もただではすまない。勘定奉行《かんじょうぶぎょう》は備前守《びぜんのかみ》戸川安廣様《とがわやすひろさま》。三千石《ごく》の旗本《はたもと》だ。」

「だから、なに? 旗本《はたもと》だろうが大名《だいみょう》だろうが、お咎《とが》めなしじゃすまないでしょ。」

小桜《こざくら》がそう言うと、となりにいた佐久次《さくじ》がぽつりと言った。

「ふつうなら、切腹《せっぷく》でしょうね。」

小桜《こざくら》は佐久次《さくじ》の顔を見た。

「ふつうならって、じゃあ、今度のことはふつうじゃないっていうの？」

「そういうことでしょう。」

佐久次《さくじ》の言葉に、一郎兄《いちろうあに》がうなずく。

「まあ、松川藩《まつかわはん》の三人の武士《ぶし》が生きていて、いろいろしゃべってくれて、事件《じけん》がかくしおおしようもなくなれば、備前守様《びぜんのかみさま》は切腹《せっぷく》となる。しかし、備前守様《びぜんのかみさま》を生かしておきたいとすれば、今言ったような筋書《すじが》きになるのだ。」

小桜《こざくら》は一郎兄《いちろうあに》の顔を見すえ、ほとんど食ってかからんばかりに言った。

「兄上《あにうえ》。どうしてそういう筋書《すじが》きになるのか、わたしにはわかりません！」

「小桜《こざくら》。なぜ、幕府《ばくふ》が外様大名《とざまだいみょう》を取りつぶしたがるかと言うと、領地《りょうち》を没収《ぼっしゅう》したいからだ。幕府《ばくふ》も金があまってしょうがないというわけではない。功績《こうせき》のある旗本《はたもと》や、あるいは松平《まつだいら》御一族《ごいちぞく》のどなたかに与《あた》える領地《りょうち》も必要だ。そのためには、外様大名《とざまだいみょう》の取りつぶしが手っとり早い。だが、もうひとつ手がある。」

「どんな?」

「新しく田を開くこと。つまり、新田の開発だ。備前守様《びぜんのかみさま》はこれがお得意で、今までにも功績《こうせき》があり、また、これからも幕府《ばくふ》にとって、有用なお方なのだ。だから、幕府《ばくふ》としては、殺さずにすむなら、殺したくない。贋小判《にせこばん》作りの監督不行《かんとくふゆ》き届《とど》きくらいで、切腹《せっぷく》させたくはないのだ。うまく、事をもみ消せるなら、そうしたいというわけだ。松川藩士《まつかわはんし》が死んでくれたから、もみ消しも可能《かのう》になったということだ。あとは、いなくなった小判師《こばんし》たちをつれもどし、口止めすれば、それで一件落着《いっけんらくちゃく》ということだ。」

「そんな……。」

あっけにとられる小桜《こざくら》に、一郎兄《いちろうあに》はさらに言った。

「備前守様《びぜんのかみさま》を切腹《せっぷく》させないためには、御金改役《ごきんあらためやく》後藤庄三郎《ごとうしょうざぶろう》に落ち度があってはならない。そのためには、松川藩《まつかわはん》が小判師《こばんし》を御金改役《ごきんあらためやく》に借りたこともなく、したがって、贋小判《にせこばん》を作った者はおらず、内藤新宿《ないとうしんじゅく》で見つかった小判《こばん》は本物だったことになるのだ。」

一郎兄《いちろうあに》はそこまで言って、だまりこんだ。

障子《しょうじ》ごしに、すずめの鳴く声が聞こえた。

佐久次《さくじ》が言った。

「贋小判《にせこばん》は、溶《と》かして、本物に作りなおしてしまえばいいんですからね。」

一郎兄《いちろうあに》がうなずく。

「そうだ。それから、三人の武士《ぶし》の死骸《しがい》は、もちろん、松川藩《まつかわはん》にもどされることはない。なにしろ、どこのだれだか、わからないのだからな。そのかわり、近いうちに、幕閣《ばっかく》のなたかが城《しろ》で水科治部少輔《みずしなじぶしょう》に会ったとき、『おとどけすることがあれば、早いうちが……。』とかなんとか耳もとにささやくことになる。いくら凡庸《ぼんよう》とはいえ、筆頭家老《ひっとうがろう》とふたりの家臣が帰ってきていないのだ。すぐになんのことかわかる。次の日にでも、金山《きんざん》のことを幕府《ばくふ》にとどけるだろう。そうすれば、国替《くにが》えされ、ほかの土地に領地《りょうち》を移《うつ》されることはあっても、取りつぶされたり、切腹《せっぷく》させられたりということはない。」

また、庭ですずめが鳴いた。

小桜《こざくら》は小声で、

「わかりました……。」

と答えた。

一郎兄《いちろうあに》が立ちあがり、店のほうに出ていった。

まだそこにすわっている佐久次《さくじ》に、小桜《こざくら》はたずねた。

「今度のことで、三人の武士《ぶし》が死んで、それがもとで松川藩《まつかわはん》を取りつぶせなかったから、それで、兄上《あにうえ》にお咎《とが》めがあるってことはないかしら?」

佐久次《さくじ》が立って、障子《しょうじ》をあけた。

座敷《ざしき》に春の空気が流れこんでくる。

半守《はんす》が庭にすわって、こちらを見ている。

佐久次《さくじ》がもどってきて、すわりなおした。そして、言った。

「こんなことでお咎《とが》めを受けていたんじゃ、たまりませんよ。それに、事がうやむやになって、よろこんでいるお方たちだっておられるでしょうし。酒井左衛門尉様《さかいさえもんのじょうさま》は少しくやしい思いをされたかもしれませんがね。まあ、近いうちに、橘北家《たちばなほっけ》が手柄《てがら》を立てる機会もありましょうし。」

「何、それ? どういうこと?」

「さて……。」

佐久次《さくじ》はそう言って立つと、店に行ってしまった。

庭に、何か桃色《ももいろ》の小さなものがひらひらと舞《ま》いおちてきた。

半守《はんす》がそれを目で追っている。

「桜《さくら》か……。」

小桜《こざくら》の口からひとりごとがもれた。

十二段✿着がえ

しばらくして、相模屋《さがみや》から、新しいあやめ柄《がら》の振袖《ふりそで》と、それに合わせて注文しておいた帯がとどいた。

夕方近く、近江屋《おうみや》の店に客がいなくなったとき、小桜《こざくら》は二階の座敷《ざしき》でその着物を着てみた。

思っていたよりも、ずっと出来《でき》がいい。

「さすがに相模屋《さがみや》さんね……。」

おもわず、口もとがゆるみ、ひとりごとがもれる。

日が暮《く》れたら、これを着て、京橋《きょうばし》のほうに行ってみようか……。

そんなことを考えていると、店から佐久次《さくじ》が二階にあがってきた。

「おお、よくお似合《にあ》いですね。じつに美しい。」

佐久次《さくじ》に言われ、小桜《こざくら》が、

「じゃあ、桜花《おうか》さんとどっちがきれい？」

ときいてみると、

「そりゃあ、女としては、姫《ひめ》ですよ。」

と答えてから、佐久次《さくじ》は言いたした。

「だって、桜花《おうか》は女形《おやま》ですからね。つまりは男ってことですから、姫《ひめ》とは比《くら》べられません。」

「それって、もしかすると、桜花《おうか》さんのほうがきれいっていう意味？」

「まあ、そういうことになりますかね。」

ことなげにそう言ってから、佐久次《さくじ》はふところに手を入れ、小さな紙の包みを出した。

「今、お屋敷《やしき》からつなぎがきましてね。これをすぐにとどけてほしいのです。」

夕方、街を歩こうと思っていたところなのだ。

「今きたつなぎに、持たせればいいじゃない。」

小桜《こざくら》がそう言うと、佐久次《さくじ》は答えた。

「きた者はそのまま、ほかの場所につなぎに行きました。もういませんよ。」

それならしかたがない。

「わかりました。それで、持っていくものは何？　薬みたいだけど。」

小桜《こざくら》が手を出すと、佐久次《さくじ》は小さな紙の包みをさしだして言った。

「鶴竜蘭香湯《かくりゅうらんこうとう》です。」

受け取った紙の包みを手に持ったまま、小桜《こざくら》が言った。

「鶴竜蘭香湯《かくりゅうらんこうとう》？　鶴竜蘭香湯《かくりゅうらんこうとう》って、心《しん》の臓《ぞう》の薬だけど、飲むと、気持ちが暗くなったり、変になったりするっていう薬だっけ？」

「さようで。」

「それなら、このあいだ、佐久次《さくじ》が父上のところにとどけたでしょ。」

「はい。あれはひとり分でして、もうひとり分いるということで。」

「このあいだのは、だれかが飲んじゃったり、だれかに飲ませちゃったりしたってこと？」

「そうです。」

「だれが？」

ときいてから、小桜《こざくら》は言った。

「あ、そういうことは、きかないほうがいいか。きくと、いやな話だったりするからなあ。」

松川藩《まつかわはん》のことも、なんだかいやな結末だった。

忍《しの》びの世界では、なかまがしているおつとめのことでも、必要がないかぎり、知らせられることはない。それに、知ったからといって、おもしろかったり、楽しかったりするとはかぎらない。

今度のことで、小桜《こざくら》は思った。

おつとめのことをほかの忍《しの》びに話さないのは、秘密《ひみつ》を守るためもあるかもしれないけれど、だれだって、いやな話は聞きたくないからじゃないだろうか、と。

ところが、意外にも佐久次《さくじ》は、

「酒井左衛門尉様《さかいさえもんのじょうさま》が飲まれたのです。」

と答えた。

「御側御用人様《おそばごようにんさま》が？　ご自分で？」

「はい。」

「どうして？　心《しん》の臓《ぞう》がお弱いのかしら？」

小桜《こざくら》はべつに冗談《じょうだん》を言ったつもりはなかったが、佐久次《さくじ》は、

「ハハハ……。」

と声をあげて笑った。そして、言った。

「酒井様《さかいさま》の心《しん》の臓《ぞう》がお弱いというのなら、日本国中の人間すべて、心《しん》の臓《ぞう》が弱いということになりますな。」

それからまた佐久次《さくじ》は、いかにもおもしろそうに声をあげて笑った。

その笑いがおさまってから、佐久次《さくじ》は言った。

「あの薬の効《き》き目《め》がどんなものか、ご自分でお試《ため》しになったようです。」

「お試《ため》しになったって、どこで？　まさか将軍様《しょうぐんさま》のおそばで？」

「いくら御側御用人様《おそばごようにんさま》でも、将軍様《しょうぐんさま》のお近くであの薬を試《ため》すなんてことはなさらないで

しょう。橘北家《たちばなほっけ》の屋敷《やしき》で服用されたそうです。」

「だけど、あの薬、飲んだらすぐに効《き》くの？」

「いえ、すぐには効《き》きません。およそ半日たたないと、効果《こうか》が出ないのです。」

「ずいぶん悠長《ゆうちょう》な薬だこと。それで、御側御用人様《おそばごようにんさま》はうちにきて、薬を飲んで、半日いらしたってこと？」

「まあ、そうです。夜遅《おそ》く、お見えになり、薬を飲まれて、お泊《と》まりになっていかれたそうです。」

「へえ、それでどうなったの？」

「朝、起きられて、御朝食を召《め》しあがられ、庭に出る縁側《えんがわ》で座禅《ざぜん》をくんでいらしたそうです。ところが、日がだいぶ高くなったころ、大きく目を開かれ、立ちあがって、庭におりられたそうです。」

「それで？」

「庭のすみに石灯籠《いしどうろう》がありますよね。つかつかとあそこまで行くと、脇差《わきざし》に手をやり、今にも抜《ぬ》きそうになったところで、『うっ。』と小さくうなり、脇差《わきざし》の柄《つか》から手をおはなしになって、『なるほど。』とつぶやかれたそうです。」

「ふうん。それで？」

「それで終わりです。そのあと、昼餉《ひるげ》をお召《め》しあがりになり、本丸《ほんまる》におもどりになられました。」

「何、それ？　鶴竜蘭香湯《かくりゅうらんこうとう》なんて、仰々《ぎょうぎょう》しい名前がついているくせに、飲んだら、半日後に、庭に行って、灯籠《とうろう》の前で脇差《わきざし》を抜《ぬ》くかっこうをして、うなっておしまいなんて、それ、効《き》いてるって言うのかしら。その話、だれから聞いたの？」

「今しがたきたつなぎがそう申しておりました。それで、このあいだわたしが持っていったものはなくなってしまったので、あとひとり分、持ってきてほしいということなのです。」

「わかりました。それじゃあ、すぐに持っていきます。」

小桜《こざくら》が丁稚《でっち》の着物に着がえるため、手に持った薬の袋《ふくろ》をいったん床《ゆか》におき、振袖《ふりそで》を脱《ぬ》ぎはじめると、佐久次《さくじ》はそそくさと階段《かいだん》をおりていった。

以前は、小桜《こざくら》が着がえるとき、佐久次《さくじ》はそばにいて、平気な顔をしていたのに、このごろはちがう。

小桜《こざくら》が着物を脱《ぬ》ごうとすると、すっとどこかに行ってしまうのだ。

振袖《ふりそで》を脱《ぬ》いだところで、トントンと階段《かいだん》をあがってくる音がした。

ふつう、忍《しの》びというのは、床《ゆか》を歩いたり、階段《かいだん》ののぼりおりをするときに、足音をたてることはない。足音をたてるのはわざとなのだ。あいてに近づいていることをわざと教えるために足音をたてる。なかまうちでは、よくそういうことをする。あいてに、よけいな用心をさせないためだ。

足音で、それが三郎兄《さぶろうあに》だとわかった。

三郎兄《さぶろうあに》が近江屋《おうみや》にくるのはめずらしい。

あがってきた三郎兄《さぶろうあに》を見れば、薬の行商人のかっこうをしている。

「どうしたんだ？」

襦袢《じゅばん》のまま、小桜《こざくら》が男言葉でたずねると、三郎兄《さぶろうあに》は言った。

「薬がくるのが遅《おそ》いから、取りにきたのだ。」

「そんなに早くは持っていけない。これから、着がえて、行くところだったのだ。」

少しむっとして、小桜《こざくら》がそう言うと、三郎兄《さぶろうあに》はにっと笑って、

「うそだ。遅《おそ》いからではない。ちと予定が早まったのだ。あす使うはずだったが、今夜になった。どうせおれがこっちで使うのだ。わざわざおまえに持ってきてもらうことはないと思って、取りにきたのだ。」

「こっちで使うとは、それは、どういうことだ？」

「おつとめさ。御相手《おあいて》はこの近くだ。」

「ふうん。」

「どんなおつとめか、聞きたいか？」

三郎兄《さぶろうあに》はにやにやしながらそう言った。

江戸御府内《えどごふない》でのことは、一郎兄《いちろうあに》をはじめ、近江屋《おうみや》の者がすることになっている。城の屋敷《やしき》の者がすることはめったにない。三郎兄《さぶろうあに》も、江戸御府内《えどごふない》でのおつとめははじめてではないだろうか。だから、自分から言いたくてしかたがないのかもしれない。

「べつに……。」

と小桜《こざくら》はつぶやいたが、三郎兄《さぶろうあに》は声をおとして言った。

「父上《ちちうえ》は兄上《あにうえ》にさせるおつもりだったのだが、おれが志願《しがん》したのだ。このあいだの松川藩《まつかわはん》のことじゃあ、御側御用人様《おそばごようにんさま》もずいぶんと御不快《ごふかい》のごようすだった。あれは、やはり兄上《あにうえ》のしくじりだ。だから、その兄上《あにうえ》のしくじりをおれが取りかえすのだ。」

「それって、兄上《あにうえ》が御側御用人様《おそばごようにんさま》のご機嫌《きげん》をとりたいからなんじゃない？」

「まあ、そうとも言える。」

てれるでもなく、三郎兄《さぶろうあに》はそう言うと、手に持っていた行商人の背負《せお》い箱を床《ゆか》におき、包みをほどいて、中から脇差《わきざし》を取りだした。

それは、酒井左衛門尉《さかいさえもんのじょう》から三郎兄《さぶろうあに》がもらったもので、三郎兄《さぶろうあに》の宝《たから》なのだ。

「今夜はこれを持っていくぞ！」

きかれもしないのにそう言うと、三郎兄《さぶろうあに》は背負《せお》い箱から忍《しの》びの黒装束《くろしょうぞく》ほか、道具一式を取りだした。そして、言った。

「おまえもつれていってやるから、着がえろ。言っておくが、振袖《ふりそで》じゃなくて、黒装束《くろしょうぞく》だぞ。」

「この近くとは、どこへ行くのだ？」

小桜《こざくら》の問いに、三郎兄《さぶろうあに》はうれしくてしょうがないというふうに顔をほころばせて答えた。

「播磨赤穂《はりまあこう》五万石《ごく》、浅野内匠頭長矩《あさのたくみのかみながのり》の上屋敷《かみやしき》だ。」

小桜《こざくら》の頭のなかには、大名屋敷《だいみょうやしき》の場所はすべて頭に入っている。

浅野内匠頭長矩《あさのたくみのかみながのり》の上屋敷《かみやしき》といえば、ここから目と鼻のさきというほどではないが、運河《うんが》にかかる橋を三つほどわたったところで、そんなには遠くない。方角は、市川桜花《いちかわおうか》の芝居《しばい》小屋のある木挽町《こびきちょう》のさきで、距離《きょり》でいうなら、お城《しろ》までとさしてかわらない。

小桜《こざくら》は三郎兄《さぶろうあに》にたずねてみた。

「浅野様《あさのさま》のお屋敷《やしき》に、何をしに？」

「何をしにって？ そりゃあ、言わずと知れたこと。薬をとどけにいくのだ。鶴竜蘭香湯《かくりゅうらんこうとう》はどこにある。」

三郎兄《さぶろうあに》の言葉に、小桜《こざくら》はまだ足もとにあった紙の包みに目をおとした。

そのようすを見て、三郎兄《さぶろうあに》は、

「お、これか。」

と言って左手でひろいあげた。そして、はじをつまんで、右手の人差指でその紙を軽くはじいた。

パンッ……。
意外に大きな音がした。

十三段 ✿ 浅《あさ》野《の》家《け》上《かみ》屋《や》敷《しき》

満月まであと二日。
ほぼまるいと言っていい月はまだ中天にとどいていない。
町木戸《まちきど》が閉《し》まるまえに、小桜《こざくら》と三郎兄《さぶろうあに》は近江屋《おうみや》を出た。
半守《はんす》はついてきていない。
いくら木戸《きど》が開いていても、木戸番《きどばん》の前を黒覆面《くろふくめん》、黒装束《くろしょうぞく》で通るのはまずい。
ふたりは、商家《しょうか》の屋根を走り、白魚橋《しらうおばし》の手前までくると、道におり、橋をわたった。
すぐに道を左におれて、牛草橋《うしくさばし》をわたる。
そこからさきは武家屋敷《ぶけやしき》がつづく。
町木戸《まちきど》はない。

合引橋《あいびきばし》、軽子橋《かるこばし》とわたり、運河《うんが》ぞいの道を右に行けば、そこはもう浅野内匠頭《あさのたくみのかみ》の上屋敷《かみやしき》だ。

大名《だいみょう》は上屋敷《かみやしき》を公《おおやけ》の用に使い、下屋敷《しもやしき》は、いわばくつろぐためにある。

近江屋《おうみや》を出るまえ、三郎兄《さぶろうあに》が言うには、内匠頭《たくみのかみ》はあす、城《しろ》で大きな役目があるから、今夜は下屋敷《しもやしき》ではなく、上屋敷《かみやしき》に泊《と》まるはずだという。

大きな役目とは、都からくる帝《みかど》の使い、勅使《ちょくし》の接待役《せったいやく》だ。

これは、ちょっとしたしくじりも許《ゆる》されず、内匠頭《たくみのかみ》は今度で二度目なのだが、歳《とし》もまだ三十そこそこで、接待指南役《せったいしなんやく》として、吉良上野介義央《きらこうずけのすけよしなか》という老旗本《ろうはたもと》がついているのだが、どうも、内匠頭《たくみのかみ》と上野介《こうずけのすけ》はうまくいっていないようなのだ。

「吉良様《きらさま》は三河《みかわ》に領地《りょうち》を持つ旗本《はたもと》だ。いつも江戸《えど》におられて、三河《みかわ》に帰ることなど、ほとんどない。赤穂《あこう》のいなか大名《だいみょう》とは話が合わないのではないか。」

三郎兄《さぶろうあに》はそう言った。

薬をとどけるということは、薬を飲ませるということだろう。ただとどけるだけなら、黒装束《くろしょうぞく》の忍《しの》びが行くことはない。

内匠頭《たくみのかみ》の上屋敷《かみやしき》の門の前までくると、三郎兄《さぶろうあに》は刀を腰《こし》からはずし、門のすぐ横の塀《へい》に立てかけた。

刀の鍔《つば》に右足をかけ、ひょいと塀《へい》の上にあがる。そして、庭のようすをうかがうと、刀の緒《お》をするすると引いて、刀をあげる。その刀を腰《こし》の帯にさすと、三郎兄《さぶろうあに》はふりむいて、小桜《こざくら》に合図をした。

小桜《こざくら》も、三郎兄《さぶろうあに》と同じようにして、塀《へい》にあがる。

三郎兄《さぶろうあに》が庭におりる。

小桜《こざくら》がつづく。

三郎兄《さぶろうあに》が月を見あげる。時刻《じこく》を見ているのだ。

内匠頭《たくみのかみ》は気が張《は》ると、寝《ね》つきが悪く、うとうとと眠《ねむ》っては目をさますという。そういうとき、内匠頭《たくみのかみ》は枕元《まくらもと》の水差しに入っている水を茶碗《ちゃわん》に入れて飲むという。

大名《だいみょう》は江戸《えど》にくると、城《しろ》でほかの大名《だいみょう》とよく話をする。大名《だいみょう》とだけではなく、茶坊主《ちゃぼうず》という世話役の者とも、あれこれ話をする。それは気晴らしでもあり、また、情報《じょうほう》を得るためでもある。

どこかの大名《だいみょう》からか、また、茶坊主《ちゃぼうず》からか、それはわからないが、酒井左衛門尉《さかいさえもんのじょう》はそういう内匠頭《たくみのかみ》の性癖《せいへき》をしらべたようだ。

寝《ね》つきが悪いとか、夜中に水を飲むとか、そのようなことだけではない。えてして、いなかの大名《だいみょう》というのは、たとえば生類憐《しょうるいあわれ》みの令など、自分の領地《りょうち》では、あまりかえりみないものなのだ。だが、内匠頭《たくみのかみ》は律儀《りちぎ》に守り、犬に石を投げた漁師《りょうし》をみずから手討《てう》ちにしようとしたことがあり、家来に止められたなどということも、酒井左衛門尉《さかいさえもんのじょう》は、どこで聞いたか、知っているのだ。

「御側御用人様《おそばごようにんさま》がおっしゃるには、内匠頭《たくみのかみ》はみずから選んだかんざしを褒美《ほうび》として、腰元《こしもと》にやることもあるらしい。大名《だいみょう》が腰元《こしもと》にだぞ。律儀《りちぎ》だが、軟弱《なんじゃく》な大名《だいみょう》さ。そこに目をおつけになったのが御側御用人様《おそばごようにんさま》というわけだ。」

三郎兄《さぶろうあに》は、そうも言っていた。

自分だって、御側御用人様《おそばごようにんさま》から脇差《わきざし》をいただいて、ほくほくしているのに、大名《だいみょう》が腰元《こしもと》にかんざしをやるのと、将軍御側御用人《しょうぐんおそばごようにん》が忍《しの》びに脇差《わきざし》をやるのでは、どこがちがうのだ。

小桜《こざくら》はそう思ったが、もちろん、そんなことは口に出さない。

ともあれ、そういう話や、内匠頭《たくみのかみ》の屋敷《やしき》に入ってからの段取《だんど》りは、近江屋《おうみや》を出るまえに三郎兄《さぶろうあに》から聞いてある。

庭に入ったら、三郎兄《さぶろうあに》はひとりで、内匠頭《たくみのかみ》の寝所《しんじょ》にしのびこむ。そのあいだ、小桜《こざくら》は見《み》張《は》りをしていればいい。あちらこちらに目をやり、どこかにあかりがついたり、人の姿《すがた》を見たりしたら、ふくろうの鳴き声をまねて、声をあげることになっている。

また、三郎兄《さぶろうあに》のおつとめがすめば、三郎兄《さぶろうあに》がふくろうの声で合図をすることになっている。

三郎兄《さぶろうあに》が庭の木立《こだち》のむこうに消えてしまうと、小桜《こざくら》はそっと池のほとりにむかった。

五万石《ごく》の大名《だいみょう》の屋敷《やしき》では、たいした池はのぞめないが、案外池は広く、小さな石橋がかかっている。

橋のたもとには、灯籠《とうろう》がある。だが、灯《ひ》はともっていない。

こういうところが、いなかの貧乏大名《びんぼうだいみょう》なのだ……、と小桜《こざくら》は心の中でつぶやいた。

これが、親藩《しんぱん》や譜代《ふだい》の大大名《だいだいみょう》になると、灯籠《とうろう》にはひと晩《ばん》中、灯《ひ》がともされている。

灯籠《とうろう》の灯《ひ》と月のあかりの両方が池の水にちらちら映《うつ》るのを見ると、胸《むね》の奥《おく》がきゅっとしまるような、そんな快感《かいかん》がこみあげてくる。

灯籠《とうろう》の灯《ひ》はなくとも、月は映《うつ》る。

おつとめで、きているのだ。贅沢《ぜいたく》は言えない。

月が水に映《うつ》るのを見ようと、腰《こし》をおとし、ゆっくりと池に近づき、そっと水面《みなも》をのぞこうとしたときだった。

カサリと衣擦《きぬず》れの音が聞こえた。

灯籠《とうろう》のうしろからだ。

灯籠《とうろう》までは二、三十歩というところか。

小桜《こざくら》はゆっくりと身をかがめ、左ひざを地面につけた。

腰《こし》の刀の柄《つか》に手をやる。

じっと見つめていると、灯籠《とうろう》のうしろから、にゅっと人影《ひとかげ》があらわれた。

男だ。

腰《こし》に刀はないが、髪型《かみがた》を見れば武士《ぶし》だ。

月を見あげている。

左手に短冊《たんざく》、右手に筆を持っている。

いくらかがみこんでも、むこうからはまる見えの位置だ。だが、まだ見つかっていないかもしれない。

ふくろうの声で合図をするか、じっとだまっているか、小桜《こざくら》は迷《まよ》った。

あいてがこちらに気づいていないのに、近くで、ほーほーと声をあげるのは、いかにもまぬけだ。

月を見ていた男が視線《しせん》を池におとした。

このまま気づいてくれなければいいが……。

小桜《こざくら》がそう思ったとき、男がいきなりこちらに顔をむけた。

ひと呼吸《こきゅう》、ふた呼吸《こきゅう》おいて、男の口から声がもれた。

「何者だ……。」

それは大声ではなかった。じゅうぶん小桜《こざくら》の耳にはとどいたが、むしろ、ささやくような声だった。

声に殺気はない。

小桜《こざくら》は片《かた》ひざをついたままの姿勢《しせい》で、右手を刀の柄《つか》においたまま、じっと動かない。

男がもう一度言った。

「何者だ。」

男が大声でさわげば、ふくろうの声で合図をし、ともあれ、ひとりで庭の外に出るしかない。三郎兄《さぶろうあに》のことは三郎兄《さぶろうあに》にまかせて、逃《に》げるしかないのだ。

だが、男はそれきり声をあげることはなかった。そのかわり、池のほとりをこちらにむかって、ゆっくりと歩いてくる。

小桜《こざくら》はじっと動かない。

月の光で男の顔がわかる。

一郎兄《いちろうあに》と同じくらいの歳《とし》だろうか。

役者にしたいほどということはないが、それでも、端正《たんせい》な顔だちだ。

ひと跳《と》びして斬《き》りかかれば、切っ先があいてにとどくというところまでくると、男は立ちどまった。

「何者だ。」

男が三度目にたずねた。

何度たずねられても、答えることはない。

だが、答えないことが答になってしまう。それに、小桜《こざくら》の装束《しょうぞく》を見れば、しかも黒い覆《ふく》面《めん》までしていれば、答えなくても、わかるだろう。

「忍《しの》びか。」

男はそう言ったが、あいかわらず、声は小さい。

小桜《こざくら》は息を止め、じっとあいてを見つめる。

男はしばらくこちらを見ていたが、ふたたび口を開いて、

「女か。」

と言った。

「しかも、まだ、おとなではないな。」

いくら黒装束《くろしょうぞく》でも、男か女かはわかってしまう。しかも、体もまだ成長しきっていない。

男はちらりと母屋《おもや》のほうを見てから、

「何をさぐりにきたのかは知らぬが、何も出てきはせぬ。」

と言い、それから、小桜《こざくら》の頭のさきからつまさきまで目で追った。そして、言った。

「おまえ、女で、しかもまだおとなではないのに、なかなかの使い手だな。そうやって、身がまえている形を見ればわかる。どうだ。そこからひと飛びして、わたしを斬《き》るか。それなら、だれを斬《き》ったか、主人のもとに帰って知らせることができるよう、名を名のろうか。」

ポチャリと水音が聞こえた。

魚がはねたのだ。

池に鯉《こい》をはなしているようだ。

男が言った。

「わたしは大高源吾《おおたかげんご》。今、俳句《はいく》ひとつよもうとしていたところだ。斬《き》るなら斬《き》ってもよいが、一句《いっく》できそうなところだ。しばらく待て。」

男は月を見あげ、それから池に目をやった。

風はなく、池にはさざ波も立たない。

しずまりかえった庭に、時が流れていく。

しばらくして、男がまたこちらを見た。

「殿《との》が桜《さくら》をお好きでな。どこかに木を植えようと思うのだが、どこがいいかな。おぬしはどう思う。」

たとえくのいちでも、忍《しの》びがひとり、すぐそばで刀の柄《つか》に手をかけているのだ。しかも、自分は丸腰《まるごし》。そんなとき、あいてに、桜《さくら》を植える場所をたずねる者がいるだろうか。

大高源吾《おおたかげんご》と名のったが、いったい、この男は何者なのだ。浅野家中《あさのかちゅう》の武士《ぶし》にはちがいなかろうが……。

小桜《こざくら》がそう思ったとき、ふくろうの声が聞こえた。

声は門のほうからだ。

三郎兄《さぶろうあに》がおつとめを終え、門にもどっているのだ。

小桜《こざくら》はかがんだまま、一歩、また一歩とあとずさりした。

「からすだけかと思えば、ふくろうも飛んできておったか。」

男がそう言った瞬間《しゅんかん》、小桜《こざくら》は身をひるがえし、門にむかって走った。

男が追ってくる気配はない。

塀《へい》を乗りこえると、三郎兄《さぶろうあに》が待っていた。

三郎兄《さぶろうあに》が言った。

「首尾《しゅび》は上々《じょうじょう》。」

そう言ったところをみると、小桜《こざくら》が屋敷《やしき》の武士《ぶし》に見つかったことは知らないようだ。

「どこから出てきたのだ。」

小桜《こざくら》がたずねると、三郎兄《さぶろうあに》は答えた。

「裏門《うらもん》のほうからだ。屋敷《やしき》を出てから、塀《へい》づたいにここまできて、合図をしたのだ。」

裏《うら》から出たのなら、池のほとりで何があったか、見ていないかもしれない。

だが、大高源吾《おおたかげんご》という武士《ぶし》に見つかってしまったことは、三郎兄《さぶろうあに》に言うべきだ。

そうは思ったが、言えばまた、

「おまえは修行《しゅぎょう》がたりないからだ。」

と言うだろう。

それくらいならまだいい。

「一郎兄上《いちろうあにうえ》があまやかすから、こういうことになるのだ。」

と言うにきまっている。
首尾《しゅび》が上々《じょうじょう》なら、それでいい。
小桜《こざくら》はだまっていることにした。
言うなら、帰ってから一郎兄《いちろうあに》に言う。
小桜《こざくら》は空を見あげた。
月は、ようやく中天にかかったところだった。

十四段 ✿ 褒美《ほうび》

三郎兄《さぶろうあに》とは京橋《きょうばし》のたもとでわかれた。

三郎兄《さぶろうあに》は城《しろ》の屋敷《やしき》に帰り、小桜《こざくら》は近江屋《おうみや》にもどってきた。

半守《はんす》はめずらしく、大通りまで出て、小桜《こざくら》を待っていた。

一郎兄《いちろうあに》も佐久次《さくじ》も、それからふたりの手代《てだい》もまだ起きていて、店で仕事をしていた。帳場《ちょうば》で一郎兄《いちろうあに》は帳簿《ちょうぼ》をのぞき、佐久次《さくじ》はそろばんをはじいていた。ふたりの手代《てだい》は薬を小袋《こぶくろ》にわけていた。

仕事をしているふりで、小桜《こざくら》を待っていたのだろう。その証拠《しょうこ》に、小桜《こざくら》が庭から入り、店に顔を出すと、みな、そそくさと片《かた》づけをはじめた。

小桜《こざくら》の顔を見て、一郎兄《いちろうあに》は、

「ごくろうだったな。三郎《さぶろう》は屋敷《やしき》に帰ったか。」

と言った。

「はい。」

小桜《こざくら》が答えると、一郎兄《いちろうあに》はそれきり何も言わなかった。

翌朝《よくあさ》、江戸《えど》の町はしずかだった。

さわぎになりだしたのは、その次の日の昼すぎだった。

小桜《こざくら》が丁稚姿《でっちすがた》で店の土間《どま》に水を打っていると、仁王《におう》の雷蔵《らいぞう》が近江屋《おうみや》に跳《と》びこんできて、佐久次《さくじ》を見つけ、声高《こわだか》に言った。

「番頭《ばんとう》さん。えらいことが起こりやしたよ。きのう、赤穂《あこう》の浅野様《あさのさま》がご切腹《せっぷく》されました！」

「えーっ！　浅野様《あさのさま》が？　それはまたどうして？」

佐久次《さくじ》は大げさに驚《おどろ》いたが、その驚《おどろ》きようを見て、佐久次《さくじ》がそのことをもう知っていたことがわかった。

佐久次《さくじ》は大名《だいみょう》の切腹話《せっぷくばなし》など、なれている。将軍《しょうぐん》でも切腹《せっぷく》しないかぎり、声をあげて驚《おどろ》いたりはしないだろう。

　ほかに客はいなかった。

　佐久次《さくじ》は手代《てだい》に、

「親分さんにお茶を！」

と命じ、店のあがりかまちにすわった。

　雷蔵《らいぞう》が佐久次《さくじ》のそばに腰《こし》をおろすと、佐久次《さくじ》は言った。

「浅野様《あさのさま》というと、安芸広島藩《あきひろしまはん》の？」

　浅野家《あさのけ》には本家と分家がある。安芸広島藩《あきひろしまはん》が本家で、播磨赤穂藩《はりまあこうはん》は分家の浅野家《あさのけ》なのだ。

　本家の広島藩《ひろしまはん》の石高《こくだか》は四十万石《ごく》をこえる。

　ふつう、浅野《あさの》といえば、本家の広島藩《ひろしまはん》のほうをさきに思いうかべる。

　安芸広島藩《あきひろしまはん》の名を出すのも、佐久次《さくじ》の知らないふりのひとつだろう。

「いや、御分家《ごぶんけ》の浅野内匠頭様《あさのたくみのかみさま》のほうで。」

と答えて、雷蔵《らいぞう》は少し間《ま》をおいた。

　ほんとうはもう、佐久次《さくじ》が知っているのではないかと、そう言いたいような間《ま》だった。

雷蔵《らいぞう》が話をつづけた。

「きのうの昼まえ、お城《しろ》で、浅野様《あさのさま》が吉良様《きらさま》に斬《き》りかかったんでさあ。お城《しろ》で刀を抜《ぬ》くのは御法度《ごはっと》だ。むろん、大刀《だいとう》はお城《しろ》に持って入れやせんから、脇差《わきざし》だったそうですがね。すぐにみんなで浅野様《あさのさま》を取りおさえたんで、吉良様《きらさま》は額《ひたい》にけがをされただけで、命のほうはだいじょうぶだってことです。なんでも、浅野様《あさのさま》は吉良様《きらさま》にうらみがあったようなんですが、どんなうらみかはわからないそうで。」

雷蔵《らいぞう》がそこまで言ったとき、手代《てだい》がやってきて、雷蔵《らいぞう》の前に茶托《ちゃたく》にのった茶碗《ちゃわん》をおいた。

その茶をひと飲みしてから、雷蔵《らいぞう》はつづけた。

「それで、すぐに詮議《せんぎ》ってことになって、浅野様《あさのさま》は田村右京大夫様《たむらうきょうだゆうさま》のお屋敷《やしき》におあずけということになり、その日のうちにお沙汰《さた》が出て、夕刻《ゆうこく》、ご切腹《せっぷく》ということになられたっていうんだからねえ……。」

「へえ、そんなことが……。」

と言って、佐久次《さくじ》はちらりと小桜《こざくら》の顔を見た。そして、雷蔵《らいぞう》に視線《しせん》をもどし、たずねた。

「親分さんは、それをどこでお聞きになったんで？」

「北町奉行《きたまちぶぎょう》の与力《よりき》の旦那《だんな》から聞いたんですから、まちがいありやせん。こういう話はすぐに伝わりやすからね。きょうあすのうちには、江戸《えど》はこの話でもちきりになりますぜ。」

ひととおり話すと、雷蔵《らいぞう》は立ちあがり、店を出ていった。ほかにも知らせる先があるのだろう。

雷蔵《らいぞう》が言ったとおり、その日の昼すぎから、店にきた薬の小売り人や行商人はみな、その話をしていった。

きのうの昼まえといえば、ちょうど鶴竜蘭香湯《かくりゅうらんこうとう》が効《き》きだすころだ。三郎兄《さぶろうあに》が仕込《しこ》んだ鶴竜蘭香湯《かくりゅうらんこうとう》で、浅野内匠頭《あさのたくみのかみ》はいっとき心が乱《みだ》れ、何かのひょうしに怒《いか》りがこみあげてきて、以前からおもしろくないと思っていた吉良上野介《きらこうずけのすけ》に斬《き》りかかったのだろう。

夕方になり、店を閉《し》めると、一郎兄《いちろうあに》が小桜《こざくら》を座敷《ざしき》に呼《よ》んだ。

「おまえも、おおよその見当はついていようが、三郎《さぶろう》が仕込《しこ》んだ鶴竜蘭香湯《かくりゅうらんこうとう》が効《き》き、おとといい、内匠頭様《たくみのかみさま》は御城内《ごじょうない》の松の廊下《ろうか》で、吉良様《きらさま》に斬《き》りかかり、その日のうちに御切腹《ごせっぷく》となった。これで、播磨赤穂《はりまあこう》五万石《ごくこく》はお取りつぶしになる。われら橘北家《たちばなほっけ》の手柄《てがら》ということになるだろう。左衛門尉様《さえもんのじょうさま》はことのほかおよろこびのごようす。三郎《さぶろう》にご褒美《ほうび》をくだされたそうだ。それから、おまえにも……。」

一郎兄《いちろうあに》はそこまで言うと、ふところから紙包みを出し、それを開いて、小桜《こざくら》の前においた。

銀の櫛《くし》だった。燕《つばめ》の彫《ほ》り物《もの》がほどこされている。

小桜《こざくら》はつぶやいた。

「ご褒美《ほうび》なんて、いらないわ。」

櫛《くし》が気に入らなかったわけではない。一郎兄《いちろうあに》が買ってくれたのなら、跳《と》びあがらんばかりによろこんだかもしれない。

「まあ、そう言わずに取っておけ。」

一郎兄《いちろうあに》はそう言ったが、無理に櫛《くし》を小桜《こざくら》の手ににぎらせようとすることはなかった。

小桜《こざくら》がだまっていると、一郎兄《いちろうあに》が言った。

「きたないまねをすると思ったか?」

小桜《こざくら》は答えない。

おととい、浅野内匠頭《あさのたくみのかみ》の屋敷《やしき》の庭で会った大高源吾《おおたかげんご》という武士《ぶし》の顔が頭に浮《う》かんだ。

「あまりきれいなおつとめではないが、こういうおつとめもあるのだ。」

一郎兄《いちろうあに》はそう言ってから、言葉をつづけた。

「たとえば、石見銀山《いわみぎんざん》などは、だれが飲んでも死ぬ。じっと耐《た》えていても、薬が効力《こうりょく》を発揮《はっき》しないということはない。だが、鶴竜蘭香湯《かくりゅうらんこうとう》は心の乱《みだ》れを自制《じせい》すれば、薬の力をおさえることができるのだ。左衛門尉様《さえもんのじょうさま》も鶴竜蘭香湯《かくりゅうらんこうとう》をお飲みになったが、べつにだれかをお斬《き》りになろうとしたわけではない。酒を飲んであばれる者もいれば、飲んだことがわからぬ者もいる。」

小桜《こざくら》は一郎兄《いちろうあに》の目をきっと見つめて言いかえした。

「でも、灯籠《とうろう》の前で脇差《わきざし》にお手をおかけになったっていうじゃない。それに、左衛門尉様《さえもんのじょうさま》は、自分でお飲みになったんだから、そういう薬を飲んだということをごぞんじで、薬の効《き》いてくるのをこらえたんでしょ。飲んだことをごぞんじなかった浅野様《あさのさま》とはちがいます。」

「たしかにそうだが……。」

「それに、左衛門尉様《さえもんのじょうさま》はたいていのことではびっくりなさらないお方です。浅野様《あさのさま》はそうじゃなかったんでしょ。そうじゃないってことを知っていて、薬を飲ませ、お城《しろ》で刀を抜《ぬ》かせるなんて、卑怯《ひきょう》よ！」

と言ってから、小桜《こざくら》は、忍《しの》びの世界に〈卑怯《ひきょう》〉という言葉はないことを思い出した。

一郎兄《いちろうあに》が、

「やはり、おまえは左衛門尉様《さえもんのじょうさま》の養女になったうえで……。」

と言いかけたところで、小桜《こざくら》はそれをさえぎった。

「いなか大名《だいみょう》の家老《かろう》のうちの嫁《よめ》になどなりません！　今度みたいな、きたない手を使わなくたって、十万石《ごく》だろうが、百万石《ごく》だろうが、外様大名《とざまだいみょう》の百や二百、お取りつぶしにできるような証《あかし》を持って帰れる、りっぱなくのいちになってみせます！」

小桜《こざくら》はそう言いはなつと、立ちあがり、トントンと音をたて、二階にあがっていったのだった。

跋《ばつ》

中天に満月がかかっている。

桜《さくら》が散り、花びらが庭を白く、いや、銀色に染《そ》めている。

桜《さくら》の季節に、桜《さくら》の振袖《ふりそで》はいけない。

着物は季節を先どりしなければならないのだ。

けれども、小桜《こざくら》はわざと桜柄《さくらがら》の振袖《ふりそで》を着てきた。

散る桜《さくら》の下で死んだ人の供養《くよう》のためではない。

内匠頭《たくみのかみ》の切腹《せっぷく》には、小桜《こざくら》もかかわりがなくはないのだ。

何も知らずに手を貸《か》したわけではない。およそのことはわかっていた。ただ、深くは考えなかっただけだ。

手を貸《か》しておいて、供養《くよう》もないではないか。おこがましい。

小桜《こざくら》は、何かにさからいたかったのだ。

まだ町木戸《まちきど》の閉《し》まる時刻《じこく》ではない。だから、ふつうに道を歩ける。

そうはいっても、もうだいぶ夜も遅《おそ》い。

半守《はんす》もつれてきていない。

新橋《しんばし》をわたるとき、橋の上で、酔《よ》っぱらった職人《しょくにん》が近づいてきて、

「よう、姉《ねえ》ちゃん……。」

と声をかけてきた。

職人《しょくにん》はもうひとりいた。それが、声をかけてきたほうの職人《しょくにん》に、

「よせよ。まだ子どもじゃねえか。」

と言った。

小桜《こざくら》に声をかけてきたほうが、

「うるせえ。子どもだって、酌《しゃく》くれえはできるぜ。なあ、姉《ねえ》ちゃん……。」

と言いながら、小桜《こざくら》のほうに手をのばした。

その手が小桜《こざくら》の肩《かた》にさわるかさわらないかという瞬間《しゅんかん》、小桜《こざくら》はあいての手首をつかみ、

腰《こし》をおとして、ぐっとひねった。

ドボン！

水しぶきをあげて、職人《しょくにん》が水におちた。

もうひとりの職人《しょくにん》が目をまるくして、

「え……。」

とつぶやいた。

小桜《こざくら》はその職人《しょくにん》に近より、声をおとして言った。

「おまえも水練がしたいか？」

「い、いえ……。」

職人《しょくにん》がうしろ手を欄干《らんかん》につき、かすれ声をあげて、首をふった。

町でさわぎを起こすのはよくない。

よくないことはわかっている。

だが、小桜《こざくら》はどうにも腹《はら》が立ってしかたがないのだ。

こいつも水に落としてやろうかと思ったが、やめておいた。

新橋《しんばし》をわたり、芝《しば》に出て、今、小桜《こざくら》は田村右京大夫建顕《たむらうきょうだゆうたつあき》の上屋敷《かみやしき》にいる。

陸奥一関藩《むついちのせきはん》は三万石《ごく》。

浅野内匠頭長矩《あさのたくみのかみながのり》はこの屋敷《やしき》の庭で切腹《せっぷく》したのだ。

小桜《こざくら》は、屋敷《やしき》の門の屋根の棟《むね》に腰《こし》かけている。棟《むね》の瓦《かわら》はまるみがあって、腰《こし》かけやすい。

だれかが見たら、物《も》の怪《け》だと思うかもしれない。振袖《ふりそで》の若《わか》い女が屋根の上に腰《こし》かけて、庭を見おろしているのだ。しかも、満月に散る桜《さくら》。

このあいだの松川藩《まつかわはん》の藩士《はんし》の切腹《せっぷく》とはちがい、用意をととのえた切腹《せっぷく》は、白い裃《かみしも》でするという。きちんと介錯人《かいしゃくにん》がいて、腹《はら》に刀がささったら、首を落とすというから、内匠頭《たくみのかみ》は松川藩《まつかわはん》の三人ほどには苦しまなかったかもしれない。

庭は掃《は》ききよめられ、おととい切腹《せっぷく》があったようには思えない。

「心が弱いから、いけないのだ……。」

小桜《こざくら》の口からひとりごとがもれた。

今までこらえていた涙《なみだ》が両目からあふれ出る。

浅野内匠頭長矩《あさのたくみのかみながのり》という大名《だいみょう》は、顔も見たことがない。

犬に石を投げようとした漁師《りょうし》を斬《き》ろうとしたこと、それから、腰元《こしもと》にやるかんざしを自分で買いにいったということ、それくらいしか知らない。

気持ちのたかぶりやすい人間だったということだ。

小桜《こざくら》は、腹《はら》を立てているのか、悲しいのか、自分でもよくわからなくなった。

「ちくしょう……。」

とつぶやいたとき、すっと左から手ぬぐいがさしだされた。

はっとして、そちらを見ると、いつのまにか、そこに市川桜花《いちかわおうか》がすわっている。

「かわいい女の子が、『ちくしょう』なんて、お言いでないよ。」

小桜《こざくら》は桜花《おうか》から手ぬぐいを受けとると、それで涙《なみだ》をふいた。

「鼻も、おかみなさいな。」

と桜花《おうか》に言われ、鼻水が出ていることに気づき、なんだかおかしくなった。

ちいんと音をたてて、手ぬぐいで鼻をかむと、なんだか心がすっきりした。

「ああ、さっぱりした。桜花《おうか》さん。どうもすみません。手ぬぐいは、今度、新しいのをお返しします。」

小桜《こざくら》が礼を言うと、桜花《おうか》はかすかに首をふった。

「いいんだよ。それは、贔屓《ひいき》すじにくばる手ぬぐいだから、あんたにあげるよ。」

手ぬぐいには、〈市川桜花《いちかわおうか》〉という文字《もじ》が入っている。小桜《こざくら》がそれをじっと見ていると、桜花《おうか》が言った。

「あんたはさっぱりしても、さっぱりしない者もいるだろう。これは、ひょっとして、たいへんなことになるかもしれないねえ……。」

小桜《こざくら》は桜花《おうか》の顔を見た。

「たいへんなことって？」

「だって、上野介《こうずけのすけ》のほうは、お咎《とが》めなしだよ。まあ、自分のほうからは手を出さなかったから、城《しろ》で喧嘩《けんか》をしたわけじゃない。だから、喧嘩両成敗《けんかりょうせいばい》っていうことにはならないけどね。せめて、庭なんかじゃなくて、座敷《ざしき》で切腹《せっぷく》させてやればよかったのに。だけど、内匠《たくみの》頭《かみ》っていう大名《だいみょう》は、みょうに家来に人気があったそうだよ。そいつらがだまっているかねえ……。」

桜花《おうか》はそう言うと、すっと立ちあがった。

ふと足を見れば、両脚《あし》とも、まるみのある棟《むね》の瓦《かわら》の上にある。

門の屋根は高いのだ。しかも、まるみのある瓦《かわら》の上に、両脚《あし》をそろえて、すっと立つなど、ふつうの人間にはできない。

桜花《おうか》はかしげるように首をまげ、道のほうに目をやった。

「さっきから、お迎《むか》えがきてるよ。あんた、あとをつけられて、気づかなかったかい。」

桜花《おうか》が見ているほうを見おろすと、半守《はんす》がこちらを見あげている。

「あ、半守《はんす》……。」

とつぶやいて、すぐにとなりを見ると、桜花《おうか》はもういなかった。

消えた桜花《おうか》にさそわれたように、ふっと風が立って、花びらが門の上まで舞《ま》いあがった。

作　斉藤 洋(さいとう・ひろし)
1952年東京に生まれる。1986年『ルドルフとイッパイアッテナ』で講談社児童文学新人賞を受賞。1988年『ルドルフともだちひとりだち』で野間児童文芸新人賞を受賞。1991年「路傍の石」幼少年文学賞を受賞。2013年『ルドルフとスノーホワイト』で野間児童文芸賞を受賞。主な作品に、『ルーディーボール』(以上はすべて講談社)、「なん者ひなた丸」シリーズ(あかね書房)、『白狐魔記』(偕成社)、「西遊記」シリーズ(理論社)、「シェイクスピア名作劇場」シリーズ(あすなろ書房)などがある。

絵　大矢正和(おおや・まさかず)
1969年生まれ。日本大学理工学部建築学科卒業。イラストレーター。主な作品に、『3びきのお医者さん』(佼成出版社)、『シアター！』(メディアワークス文庫)、『米村でんじろうのDVDでわかるおもしろ実験!!』『笑撃・ポトラッチ大戦』(ともに講談社)などがある。

くのいち小桜忍法帖
風さそう弥生の夜桜

2016年4月30日　初版発行

作――――斉藤 洋
絵――――大矢正和
発行者――山浦真一
発行所――あすなろ書房
〒162-0041　東京都新宿区早稲田鶴巻町551-4
電話　03-3203-3350(代表)

カバーデザイン　坂川栄治＋鳴田小夜子(坂川事務所)
本文デザイン・組版　アジュール
印刷所　佐久印刷所
製本所　ナショナル製本
企画・編集　小宮山民人(きりんの本棚)

ISBN978-4-7515-2766-5　NDC913
Printed in Japan

くのいち小桜忍法帖

1　月夜に見参!

時は元禄、江戸の町では、
同心や忍びがつぎつぎ殺され、
子どもたちが、かどわかされていた。
事件の謎を追う、
くのいち小桜の身にも危険が…!?

2　火の降る夜に桜舞う

このごろ江戸の町では、
妖しい炎が、空を舞う。
かつて町中を焼きつくした大火、
あの「振袖火事」の再来か!?
付け火の謎を追う
くのいち小桜が、たどりついた真実は……。